소중한 사람을 위해
우울증을 공부합니다

우울증 환자를 살리기 위해
알아야 할 모든 것들

우울증 환자를
살리는 올바른 대처법

소중한 사람을 위해 우울증을 공부합니다

최의종 지음

RADIO BOOK

차례

3장

우울증 공부를 시작하다

4장

보호자의 불안한 마음 다스리기

5장

우울증 개선을 위한 식이요법과 영양제 복용

6장

운동으로 찾은 희망

7장

우울증 환자에 맞게 주변 환경 개선하기

8장

우울증 환자에게 하지 말아야 할 말과 행동

12장
우울증과 싸우며 알게 된 삶의 소중함

13장
아내에게 듣는다

에필로그

추천의 말 1

소중한 사람을 구할
길잡이가 되어줄 책

이 책의 저자는 오랫동안 같이 살아온 제 남편입니다. 우울증에 걸려서 아무것도 할 수 없는 저에게 손과 발이 돼 주고 나을 수 있다며 응원을 해주던 남편은 병이 깊어지고 치료가 잘되지 않자 크게 당황했습니다.

극심한 우울은 제 내면을 갉아먹었고 치료에 대한 희망이 사라진 저에게 삶은 무의미했습니다. 눈 뜨는 게 무서워서 계속 잠들고만 싶었고, 이런 저를 지켜보던 남편 역시 절망감에 휩싸였습니다.

힘들어도 함께 싸우며 더욱 돈독해지는 다른 병들과는 달리,

우울증은 자기 연민에 빠진 환자와 의지박약이라고 생각하는 보호자의 인식 차이로 서로를 탓하며 감정의 골이 깊어지기 마련입니다. 환자와 보호자가 서로를 원망하며 상황을 더 악화시키는 우울증의 절망을 겪어본 사람들은 알 것입니다.

삶을 포기할 뻔했던 저는 남편 노력 덕분에 버틸 수 있었습니다. 우울증을 이해하려는 남편의 끈질긴 노력은 저에게 큰 도움이 됐습니다. 원인 모를 통증, 공황, 불안장애에서 헤어 나오지 못하던 저에게 여러 치료법을 알려주고, 영양제와 식단, 운동의 중요성을 일깨워주고 같이 해보자고 용기를 북돋아 주었습니다.

이 책은 그 과정에 관한 이야기입니다. 우울증의 어둠을 밝혀내고 사랑과 이해로 헤쳐 나온 진솔한 이야기입니다. 평범한 이야기에서 비롯됐지만, 그 안에 담긴 감정과 노력은 특별한 의미를 지닙니다. 이 책을 통해 우리의 이야기를 공유하고 같은 어려움을 겪는 사람들에게 도움을 줄 수 있기를 희망합니다.

이 책은 철저히 우울증 환자를 돌보는 사람 입장에서 쓰였습니다. 우울증에 걸린 부인과 돌보는 남편의 이야기지만 얼마든지 부모와 자식, 친구와 친구, 형제와 자매 이야기가 될 수 있습니다. 소중한 사람을 '제대로 도와줄 수 있도록' 이 책이 길잡이가 되어줄 것입니다.

- 긴 우울증의 터널을 지나온 저자의 아내

추천의 말 2

우울증 환자 가족과
정신과 전문의에게 추천하는 책

20년 전쯤 가까운 지인이 희귀질환에 걸린 적이 있었다. 몇 달 동안 관련 책과 논문을 거의 다 찾아보고, 어떤 치료를 해야 할지 교신 저자인 외국 의사들에게 이메일로 묻기도 했다. 너무나 친절하게 다들 회신을 주었다. 고마움을 잊을 수 없다. 그런데 가장 도움이 된 자료는 그 희귀질환 가족협회의 홈페이지 자료들이었다. 의사들의 논문이 진단과 치료에 있었다면, 일상에서 어떻게 해야 할지, 투병을 위해 가져야 할 태도와 지식, 운동, 활동, 식이 등 그야말로 실제적인 모든 것들이 자세히 적혀 있었다. 생면부지 서구의 환자와 보호자들의 투병 과정과 그 노력이 빼곡하게 적힌 가이드라인을 보니 눈물이 났다. 회복하는 데 큰 도움이 된 것은 물론이다.

그때 정신과 의사로서 앞으로 살아가면서 한국에서도 이런 분들을 돕는 데 도움이 되어야겠다고 생각했다. 정확히는 기도하기도 했다. '사랑하는 사람이 건강하게 살아갈 수 있게 해주세요. 저도 정신질환으로 고통받는 분들을 위해 꼭 보답하겠습니다.' 기도는 이루어졌다. 이후 충분치는 않지만 대한정신장애인가족협회의 가족들과 멘탈헬스코리아 같은 젊은 친구들에게 힘을 보태고 있다. 그런데 이제 한국에도 내가 도움받았던 희귀병 사이트 수준의 정보가 담긴 책이 나왔다. 바로 최의종 작가의 책 '소중한 사람을 위해 우울증을 공부합니다'다.

대한신경정신의학회 우울증 극복 수기 공모전에서 우수상을 받기도 했는데, 코로나19 시기라서 그런지 제대로 알지 못했었다. 그를 세바시 정신건강 특집을 찍으면서 처음 만났다.

이 책의 추천사를 쓴 사람은 '작가의 사랑하는 아내'다. 새벽에 보고서를 쓰러 병원에 왔다가 몇 시간 동안 다 읽어버렸다. 다 읽고 나니 정신과 의사로서 부끄럽기도 하고, 그의 정성과 아내에 대한 애정, 그리고 그에 기반한 너무나 꼼꼼한 치유를 위한 열정과 도전, 무엇보다 그 모든 것들을 꼼꼼히 정리해 낸 풍부함에 놀라움을 금할 수 없었다. 치료법, 스트레스 관리, 운동, 식이, 영양제까지 거의 모든 것을 다루는데, 공부해서 목표를 세워 적용해 보고 그 장단점을 빠짐없이 기록했다. 보호자가 어떻게 이렇게 할 수 있었을까? 우울증에 관련한 책을 100권이 넘게 읽으니 속도가 붙었다고 한다. 국내외 논문까지 섭렵했고, 책의 모든 권고 옆에 레퍼런스가 붙어 있다.

포항공대를 나오고 게임 회사 기술 총책임자로서 그만한 학습 능력이 있어 가능했겠지만, 아내에 대한 사랑 없이는 할 수 없는 작업으로 읽힌다. 그의 진심이 담긴 세바시 강의 영상은 조회 수 100만 회를 넘는 폭발적인 반응을 얻었다.

최근 연세대에서 있었던 GEEF 2024에서 김용 세계은행 전 총재님과 나종호 예일대 교수님이 우리나라의 정신건강 위기에 대해 이야기했다. 미국에서 온 한 참석자는 한국이 정신건강 문제를 해결해 나가는 데도 세계적 모델이 될 수 있을 것이라고 이야기했다. 최의종 작가의 책을 보니 이미 그 희망은 근거가 있다. 학술대회 때 초청해 정신과 의사들과 이야기하는 자리를 반드시 만들겠다고 말씀드렸다. 사회정신의학회의 여러 선생님들과 감동을 나눌 수 있었다. 전문가들부터 경청하고 바꿔 나가야 한다.

우울증으로 인한 사랑하는 사람의 고통을 지켜봐야 하는 분이 있다면, 꼭 읽어보기를 권한다. 다른 사람에게 이 좋은 책을 알릴 수 있는 자리에 계신 분들에게도 꼭 추천하고 싶다. 이러한 선물을 준 최의종 작가와 가족에게 깊은 감사의 마음을 전한다. 우리는 우울증과 싸우며 때로 세상의 편견과도 싸워야 한다. 소중한 동지가 생긴 느낌이다. 최의종 작가와 이 책이 우울증으로 고통받는 수많은 사람들과 함께할 것이라 생각하니 외롭지 않다.

- 백종우 경희대병원 정신건강의학과 교수

프롤로그

어두운 길을 헤쳐 나오며

아내가 처음 우울증 진단을 받은 것은 2016년 여름입니다. 병원에서 우울증은 '마음의 감기'라는 말을 해서 얼마나 안심이 됐는지 모릅니다. '감기처럼 금방 낫는 병이라니 내가 괜히 걱정했구나.'라는 생각에 집에 돌아올 땐 희망에 가득 차 있었습니다.

우울증이 뭔지 알지도 못하면서 아내에게 "병원에서 준 약 먹으면 금방 나을 거래."라며 항우울제를 가져다주고는 뭐 대단한 일이라도 한 것처럼 잘 될 거라는 얘기를 했습니다.

기대와는 달리 아내 상태는 점점 악화됐고 믿었던 약이 듣지 않자 저는 당황해서 허둥대기 시작했습니다. 아내가 잠을 전혀 못 자고 두통, 심장 두근거림, 근육 통증을 호소하는데 뭘 어떻게 해줘야 할지 몰라 눈앞이 캄캄했습니다. 아내가 자살 충동에 시달리게 됐을 때도 발만 동동 굴렀고, 안되겠다 싶을 땐 무작정 응급실에 찾아가 살려달라고 빌었습니다. 이러다가 아내를 잃겠구나 싶어서 무서웠고 하루하루가 살얼음 위를 걷는 것처럼 긴장의 연속이었습니다.

보통 병이 아니라는 생각이 들어서 우울증을 다룬 책들과 논문을 있는 대로 찾아보기 시작했습니다.

우울증이 낫기 쉬운 병이 아니라는 것은 짐작하고 있었지만 공부할수록 희망이 사라지는 느낌이었습니다. 전체 우울증 환자의 3분의 1이 약물 치료에 반응하지 않고, 완치 판정을 받는 사람도 30%에 불과했습니다. 힘들어도 버티면 언젠가는 아내 우울증이 나을 거라고 생각했는데 그게 아니라니 당황스러웠습니다.

약물 치료에만 의지할 게 아니라는 생각이 들어서 우울증에 좋다는 것은 가리지 않고 시도했습니다. 운동을 시작하고, 식단을 바꾸고, 영양제를 먹기도 하고, 이것저것 안 해본 게 없습니다. 그렇게 7년이란 시간이 흐른 지금, 돌이켜보면 잘 된 것이 반, 효과가 없었던 것이 반 정도 되는 것 같습니다.

이 책에는 그중 효과가 있었던 방법과 7년 동안 아내의 병이 어떻게 진행됐는지, 그 과정과 치료 경과를 적어 우울증에 대한 이해를 돕고자 했습니다. 앞부분은 최초 진단받은 시기에 어떤 일이 있었는지를 담았고, 이어서 어떻게 우울증 공부를 시작했는지, 인터넷에서 논문 찾는 방법 등 바로 사용할 수 있는 방법들을 소개했습니다.

4장부터는 실제 시도한 여러 치료법 중 효과가 있었던 것들을 자세히 썼습니다. 특히, 섭식·수면·운동을 통해 건강을 되찾는 과정을 자세히 설명했는데, 그중에서도 가장 효과가 컸던 운동에 많은 지면을 할애했습니다.

5장에서는 치료 효과를 극대화할 수 있는 영양제를 추천하고 그 효과를 소개했고, 책 말미에는 병원 치료와 병행하면서 시도해 볼 수 있는 비약물적인 치료법을 다뤘습니다. 특히, 10장에서 소개한 tDCS에 대한 내용을 강조하고 싶은데, tDCS는 병원에 가지 않고 집에서 할 수 있는 비침습적인 치료법이니 치료가 잘 되지 않는 우울증으로 고생하고 있다면 꼭 시도해 보길 권합니다.

우울증은 사람마다 천차만별이어서 이 책에 소개한 방법들이 모든 이에게 같은 효과를 내지 못할 수 있습니다. 따라서 성공담만 늘어놓는 것이 아니라, 어떤 방법을 썼을 때 가장 효과가 컸는지, 시도 과정에서 어떤 어려움이 있었는지를 실제 예시와 함께 소개해 독자가 직접 적용해 볼 수 있게 구성했습니다.

중증 우울증을 겪으면서 가장 많이 느낀 것은 우울증은 주변 도움 없이는 이겨내기 어려운 병이라는 것입니다. 배우자나 가족은 24시간을 함께 하기에 환자에게 무엇이 필요한지 알고, 치료에 대한 의지를 잃지 않도록 용기를 북돋아 줄 수 있습니다. 옆에서 한 사람이라도 절대적 지지를 해준다면 자살 충동에 시달리는 환자에게는 삶의 의미가 될 수 있고 병원에 같이 가주는 것만으로도 큰 위안을 줄 수 있습니다.

그만큼 보호자 역할이 중요하기에 항상 환자 곁을 지키며 긴장을 풀 수 없어 고되기 그지없습니다. 병이 호전되지 않을 때가 특히 더 힘든데, 그럴 때면 '나보다 아내가 더 힘든데 정신 차려야지.', '나 아니면 누가 아내를 구할까.'라는 생각을 많이 했습니다. 이 책을 보는 분들 중에서도 중증 우울증으로 고생하는 배우자나 가족이 있다면 비슷한 심정으로 고군분투하고 있을 거라고 생각합니다.

글솜씨가 없어 좀처럼 책으로 쓸 엄두가 나지 않았지만 어려울 때마다 '누군가 조언을 해주면 참 좋겠다.', '먼저 경험한 사람에게 물어볼 수 있으면 얼마나 좋을까.'라는 생각이 수도 없이 들었던 기억이 떠올라 용기를 내 집필했습니다. 부족하지만 먼저 어두운 길을 헤쳐 나온 사람의 경험담이라고 생각하고 우울증과의 싸움에서 유용하게 쓰이면 좋겠습니다.

** 이 책에서 소개한 여러 방법들은 저자의 개인적 경험을 바탕으로 한 것으로 의학 전문가의 견해가 아님을 밝힙니다. 전문적인 우울증 치료는 의료진 상담을 권합니다.

1장

갑자기 찾아온 병

'마음의 감기'라는 표현에 잠깐 희망을 품었지만
약은 전혀 듣지 않았고 이후 저는 '마음의 감기'라는
말을 증오하게 됐습니다.

01

갑자기 찾아온 병

아내는 본래 건강을 타고난 사람이었습니다. 동갑내기 친구라 어려서부터 알고 지냈는데, 활동적이고 머리가 좋아서 공부도 잘했고 대화를 하면 듣는 재미에 시간 가는 줄 몰랐습니다. 스무 살에 다시 만난 아내는 여전히 멋지고 활발한 사람이었고 저희는 이내 사귀게 됐습니다.

아내는 고교 졸업 후 직장에 다니고 있었는데 제가 대학 입학을 권해 다시 수험생이 됐습니다. 밤낮없이 공부하던 아내는 대학에 입학하고도 눈코 뜰 새 없이 바빴습니다. 다른 학생들이 캠퍼스 생활을 즐기는 동안 아내는 학비 걱정에 밤잠 아껴가며 공부해서 장학금을 받았습니다.

졸업 직후에는 유명 대학병원 임상병리사로 취직했는데 일이 힘들어 자면서도 끙끙거리며 잠꼬대를 하던 것이 기억납니다. 돌이켜보면 아내는 저를 만나고 공부하고, 일하느라 항상 무리하며 살았던 것 같습니다.

결혼하고 얼마 지나지 않아 저희 부부에게 예쁜 딸이 태어났고 금이야 옥이야 정성껏 키웠지만 육아가 서툴러 힘들 때가 많았습니다. 아내는 일과 육아를 병행하느라 특히 힘들어했는데 주변 도움을 받을 수 없어 아이가 아프면 둘이 번갈아 가며 밤을 새우고 출근하며 꾸벅꾸벅 졸기 일쑤였습니다.

매일이 전쟁인데 초짜 부모가 주변 도움 없이 육아하니 남들보다 조금 더 힘든가 보다, 애들 크면 좀 나아지겠지라는 생각으로 버텼습니다. 그렇게 몇 년이 지나니 온몸이 얻어맞은 듯 피곤하고 여기저기 아프기 시작했습니다. 심한 날은 통증 때문에 잠을 자지 못하고 잠이 들어도 오래 유지하지 못했습니다.

불면증과 통증의 만성화

문제가 심각하다는 생각을 하게 된 건 둘째가 아장아장 걸을 때쯤입니다. 저희 부부는 잠을 잘 못 자서 종일 머리가 아파 언제든 먹을 수 있게 두통약을 항상 가지고 다녔습니다. 두통이 오면 약효가 빨리 퍼지길 바라는 마음에 약을 씹어서 먹을 정도였습니다.

아내는 어깨 결림에 팔다리가 저리는 통증까지 있었습니다. 통증은 한 군데 머물러 있지 않고 온몸을 여기저기 옮겨 다니면서 어깨가 좀 좋아진다 싶으면 다시 등이 아프고, 수족냉증이 심하다가 가라앉으면 두통이 오는 식으로 집요하게 사람을 괴롭혔습니다.

두통에는 타이레놀이 잘 들었지만 나머지 통증에는 효과가 없어서 병원에서 추가로 진통제를 처방받아 복용했습니다. 부루펜으로 잘 알려진 이부프로펜, 나프록센 등의 비스테로이드 소염제(NSAID, Non-Steroidal Anti-Inflammatory Drug)를 사용했는데, 약을 먹으면 3~4시간 정도 통증이 가라앉았지만 속 쓰림 등의 부작용이 있었고, 통증이 갈수록 심해져 약으로 버티기 어려워졌습니다. 이런 날은 온몸 여기저기 파스를 잔뜩 붙이고 지냈습니다.

24시간 파스를 붙이니까 옷은 물론 침대와 이불에 파스 냄새가 배서 머리가 아플 지경이었습니다. 불면증과 통증은 만성이 됐고, 아파서 잠을 못 자는 건지 잠을 못 자니까 아픈 건지 알 수 없는 악순환이 계속됐습니다. 만성 피로와 직장 스트레스가 누적되면서 원더우먼 같았던 아내가 처지기 시작했는데, 밝고 명랑했던 사람이 말수가 없어지고 일하고 돌아오면 종일 누워있는 경우가 많았습니다.

견디다 못한 아내는 직장에 육아휴직을 신청했습니다. 병원

업무로 지쳐서 스트레스 때문에 아픈 것일 수도 있다고 생각해 집에서 요양 겸 육아에 전념하려고 결심한 것입니다. 실제로 휴직 후 얼마간은 시간 여유도 생기고 통증도 조금 나아지는 듯했습니다. 하지만 반년 정도가 지나자 통증이 다시 심해졌고 정형외과와 통증의학과 치료를 받았지만 효과가 없었습니다.

무너져버린 일상

아내는 아픈 곳이 계속 늘어났습니다. 건강에 대한 염려가 늘어서 "이러다 아파서 쓰러지면 어떻게 하지?"라고 물어보는데 안심시켜줄 방법이 없어서 괴로웠습니다.

아내 통증이 점점 심해지니까 진통제와 파스를 붙이고도 계속 여기저기를 꾹꾹 누르곤 했는데, 그러다 보니 손가락에도 통증이 생겨 일상생활에 지장이 있을 정도였습니다. 직장 일은 물론이고 가사와 육아를 감당하기 어려워지기 시작했습니다. 아이들 씻기고 옷 입히는 것, 어린이집 준비물 챙기는 것 같이 작은 일에도 일부러 기운을 내야만 겨우 할 수 있을 정도로 지친 상태였습니다.

가만히 있어도 머리가 울린다든가, 조금 서있으면 앉거나 누워야 할 정도로 힘든 상황이 찾아왔습니다. 잠을 전혀 못 자고 아침까지 뒤척이고 계속 어딘가 아픈 채로 지내니까 정신적으로도 한계여서 "사는 게 왜 이렇게 힘들까?"라며 하소연하기도 했습니다. 종일 멍하니 있게 되고, 아이들과 식사할 때 외에는 말도 하지 않아 집이 조용하다 못해 썰렁할 정도로 삭막했습니다. 주말 외출이나 외식도 점점 줄어서 집안에 틀어박혀 사는 생활이 계속됐습니다.

처음에는 내가 아내 대신 집안일을 해서 좀 쉬게 해주면 나아지겠지, 내가 엄마 역할도 대신하면서 아내 상태가 좋아지길 기다리자고 생각했지만 아내 컨디션은 쉬다고 좋아지지 않았습니다. 여름철이 되면서 더 힘들어했는데 각종 증상들이 심해져서 급기야는 눈물을 흘리며 괴로워할 정도로 상태가 나빠졌습니다.

'마음의 감기'가 아니다

아내는 생기라고는 찾아볼 수 없는 축 처진 표정으로 지냈고 얼마 안 가서는 너무 처져서 침대에서 나오는 데도 한참이 걸릴 정도로 힘들어했습니다. 씻고 먹는 등의 일상적인 생활 자체에 지장이 생겨 오랜만에 연락 온 친구를 만나러 가는 것도 불가능했습니다. 각종 증상을 호소하다가 지쳐 쓰러지기 일쑤였고, '내가 왜 이러지?'하는 마음에 눈물을 흘리며 고통스러워했습니다.

이게 대체 무슨 일일까 백방으로 알아봤는데 아무래도 아내에게 우울증이 찾아온 것 같았습니다. 그런데 사회적 시선 때문에 아내에게 병원에 가자고 쉽게 말할 수가 없었습니다. 지금은 인식이 많이 개선됐지만 2016년 당시에는 정신건강의학과는 정신병원이라고 해서 한번 가면 폐쇄 병동처럼 갇혀서 생활한다거나, 실성한 사람이 가는 곳이라는 등 여러 오해가 있었습니다.

아내는 아직 젊었고 대학병원에서 일하는 전도유망한 사람인데 우울증 병원에 가자고 하면 혹시 자기를 미친 사람 취급한다고 생각하지 않을까 겁이 났습니다. 그래서 아내에게는 말도 못 꺼내고 저 혼자 끙끙 앓으면서 어느 병원을 갈지 알아보기 시작했습니다. 안타깝게도 그렇게 시간을 지체하는 사이에 아내 상태는 더 악화되고 말았습니다.

어느 날 아침 아내에게 전화가 왔는데 침대에서 나오지 못할 정도로 몸이 처지고 아무것도 할 수 없다며 아무래도 병원에 가야 될 것 같다고 했습니다. 허둥지둥 집으로 돌아와 가장 가까운 병원을 찾아갔습니다. 병원에 가는 길에 아내를 다독이는데 아내는 이후 직장 복귀에 지장이 생기지 않을까, 약을 먹으면 다른 사람이 되는 것이 아닐까, 애들은 어떻게 해야 하나, 이런저런 걱정이 많았습니다.

저도 마찬가지여서 걱정과 불안감으로 머릿속이 터질 것만 같았습니다. 병원을 향해 차를 몰며 '너무 걱정하지 말자. 우리 가족은 무조건 잘될 거야.'하고 되뇌었지만 속으로는 아내 말이 계속 떠올라 '정말 직장에 문제 생기면 어쩌지? 애들은 어떻게 하지?' 같은 복잡한 심경에 걱정이 태산이었습니다.

그렇게 도착한 병원에서 바로 우울증 진단을 받았는데 몇 가지 질문만 했을 뿐 혈액 검사라든가 영상 촬영 같은 과정이 없어서 허탈할 정도로 진료가 빨리 끝났습니다. 의사는 증상이 생기고 빨리 온 편이라며 이런 경우 경과가 좋아서 약만 먹으면 금방 좋아질 거라고 했습니다. 또 "우울증은 마음의 감기라 아무나 걸릴 수 있고 쉽게 낫는다."라고 했습니다. 감기라는 표현에 잠깐 희망을 품었지만 약은 전혀 듣지 않았고 이후 저는 '마음의 감기'라는 말을 증오하게 됐습니다.

2장

병원을 다녀도 치료가 되지 않는다

병은 점점 깊어지는데 맞는 약을 찾지 못해서
이제는 시도해 볼 만한 새로운 약도 없는 상황이 됐습니다.

02

병원을 다녀도 치료가 되지 않는다

우울증 진단을 받은 아내에게 SSRI(선택적 세로토닌 재흡수 저해제)라는 이름의 항우울제가 처방됐습니다. 의사는 항우울제는 특별한 부작용이 없으니 걱정하지 말고 매일 복용하면 2~4주 정도면 효과를 볼 수 있을 거라고 했습니다. 집에서 약을 먹으며 기다리다가 보름 후에 다시 내원해서 차도가 있는지 보자고 했습니다.

이 작은 알약 몇 개만 먹으면 아내 고생이 끝난다니 믿기지가 않았지만 진단도 빠르고 처방까지 거침이 없어서 우울증이 별거 아니라는 희망을 가졌습니다.

그렇게 매일 약을 먹으며 경과를 지켜보는데 처음 가졌던 희망과는 달리 약을 먹어도 차도가 없었습니다. 항우울제 효과가 나타나지 않아 불안감이 커졌고, 같이 처방받은 항불안제 자낙스(Xanax, 성분명 알프라졸람)를 먹어봤지만 효과가 너무 빨리 사라져 증량을 해야만 했습니다.

자낙스는 의존증(중독 증상)이 생겨 꼭 필요할 때만 먹어야 된다는 경고가 있어 약을 늘릴 때마다 불안이 커졌습니다. 밤에는 잠을 자지 못해 수면제에 의지했는데, 아침에 일어나는 것이 힘들고 하루 종일 멍한 상태가 지속되는 부작용에 불안감이 극심했습니다. 잠을 제대로 못 자서 그런지 기상 시 가슴이 조이는 듯한 두근거림이 생겼는데, 심장에 문제가 있는 것은 아닌지 덜컥 겁이 났습니다.

진단을 받은 지 4주가 다 돼 가는데 오히려 처음 병원에 갔을 때보다 상태가 더 안 좋아져서 힘들었습니다. 진료 중 약이 잘 안 듣는 것 같다고 하면 용량을 늘리거나 다른 약을 추천해서 처방받았는데, 그 약들도 효과가 있는지 보려면 최소 4주, 현실적으로는 6주는 지켜봐야 한다고 해서 실망감이 이루 말할 수 없었습니다. 하루도 못 버티겠는데 4주라니, 믿고 싶지 않은 심정이었습니다.

약은 늘어가고 병원은 믿을 수 없게 되다

이런저런 약을 한두 달 시도해 보고 용량도 늘였다 줄였다 하다가 그마저도 차도가 없으면 다시 새로운 약으로 바꾸기를 여러 번 반복했습니다. 병원에서는 새로운 약을 주면서 4주면 효과를 본다는 이야기를 계속하는데, 아내는 6~8주는 돼야 좀 듣는 것 같아서 복약지도에 신뢰가 가지 않았습니다.

진료 과정도 2~3분 정도로 짧고 내용 역시 약 먹고 상태가 좋아졌는지 묻는 게 대부분이어서 과연 이런 진료로 치료가 제대로 될지 의심이 됐고, 약의 종류도 무척 많아서 약을 바꾸면 이전에 먹던 약을 끊으면서 컨디션이 오락가락하는 통에 정신을 차릴 수가 없었습니다.

병은 점점 깊어지는데 맞는 약을 찾지 못해서 이제는 시도해볼 만한 새로운 약도 없는 상황이 됐습니다. 사람 고치려고 찾아간 병원에서 약 찾는다고 고생만 하니까 나을 거란 기대가 조금씩 사라졌습니다. '이러다가 평생 낫지 않으면 어쩌지.'하는 걱정이 시작됐습니다.

이약저약 먹느라 지친 아내는 더 힘들어했고 불면증이 심해졌는데, 이 이야기를 진료 중에 하니 수면제 처방이 더해졌습니다. 처음 처방받은 수면제는 졸피뎀(Zolpidem)이었는데 약효는 확실해서 복용하면 무조건 잠을 잘 수 있었지만, 다음날 아침에도 약효가 지속돼 제때 일어나지 못했습니다. 일어난 이후에도 몽롱한 느낌에 한참을 힘들어했는데 이렇게 리듬이 깨지면 밤잠을 못 자 다시 수면제에 의존하게 되는 식으로 문제가 악화됐습니다.

평균적으로 항우울제 효과가 나타나기까지 7~8주 정도 걸렸는데 그렇게 한 가지 약의 경과를 보며 두 달이 흐르니 몇 가지 약을 시도하는 것만으로도 1년 가까운 시간이 흘렀습니다. 결론적으로 아내는 심발타(둘록세틴, Duloxetine)에 정착했는데 SSNI(세로토닌-노르에피네프린 재흡수 억제제) 계열의 항우울제입니다.

심발타는 항우울제이면서 신경 통증 완화와 섬유 근육통 치료 효과가 있어 만성 통증에 시달리는 아내에게 적합한 것 같았습니다. 아내는 섬유 근육통 증상으로 온몸이 저리고 시린 통증이 있었는데, 심발타 복용 후 6주가 되자 통증이 서서히 줄기 시작했습니다. 복용 전 통증 강도를 10이라고 한다면 8 정도로 줄었는데, 6주가 되기 전까지는 거의 효능을 느끼지 못하다가 6주 차에 통증이 줄어 얼마나 기뻤는지 모릅니다. 기상 시 두근거림도 걱정거리였는데, 6주 차에 조금 줄어 심장 문제가 아니라는 생각에 마음이 놓였습니다.

약이 효과가 있는 것은 확실했지만 충분하지는 않았습니다. 고비만 넘겼을 뿐, 통증과 우울증은 여전했고 거의 하루 종일 누워있다가 잠시 일어나 식사만 겨우 하는 수준이었습니다. 무채색 삶을 사는 사람처럼 표정도 완전히 사라져서 즐거움도, 기쁨도 느끼지 못하는 것 같았습니다.

제가 할 수 있는 일이 아무것도 없는 것 같았고 아침에 출근 준비를 하면 '오늘은 아내가 얼마나 힘드려나.'하는 생각에 눈물이 났습니다. 집에 가도 그저 버텨보자는 얘기 외엔 해줄 수 있는 게 없었습니다.

진료 보러 병원을 갈 때마다 이번에는 차도가 있는 것 같다는 희망찬 이야기를 하고 싶었지만, 현실은 '어떤 약이 문제를 일으킨 것 같다.', '약의 양이 너무 적었던 것 같다.' 혹은 '약의 양이 너무 많았던 것 같다.', '수면제 부작용인 것 같다.' 등등 우울한 얘기만 하게 됐습니다. 변수가 너무 많아 의사에게 설명하기도 힘들어서 이제는 뭐가 뭔지 모르겠다는 생각에 속상했습니다.

치료가 될 거라는 믿음이 없어지면서 병원 처방에도 의심이 생겨 처방약 이름과 용량을 하나하나 체크하기도 했습니다. 어느 날 진료 중에 의사가 아내가 먹지도 않은 약을 지금 먹고 있지 않냐고 묻는 일이 있었는데 그 후로도 여러 번 비슷한 일이 반복돼 과연 진료가 정확한지도 의문이었습니다. 혹시나 하며 병원을 바꿔봤는데, 어떤 의사는 환자가 의지박약이라며 쓴소리만 해댔고, 또 다른 의사는 우울증보다는 조울증 같다며 새로운 진단을 하는 등 갈피를 잡을 수가 없었습니다.

이 과정에서 아내가 많이 힘들어했는데 특히, 조울증 얘기에 크게 놀랐습니다. 우울증이 아니라 조울증이라면 그간의 진료가 잘못된 것은 아닌지 무서워했고, 향후 치료에 대한 믿음이 사라져서 자포자기하는 심정이 됐습니다.

우울증에 더해진 공황과 불안

병원을 바꾸면 진단과 처방도 달라지는데 조금 나아지는가 싶다가도 다시 악화되기를 반복했습니다. 새로운 약에 적응하는 것이 고역이어서 점점 병원과 약에 대한 믿음이 없어졌습니다. 원래도 불안하고 초조한 마음에 힘들었는데 투병이 길어지자 불안이 갈수록 심해졌습니다. 병원에서는 항불안제를 추가로 줬는데 내성이 생길 수 있으니 급할 때가 아니면 먹지 말라는 이야기를 해서 불안감이 더 가중됐습니다.

그렇게 하루하루 버티다가 여름이 됐고, 아내는 안절부절 가만히 있지 못하는 등 눈에 띄게 더 힘들어했습니다. 체온 조절 능력이 약해져서 추웠다 더웠다 하고, 더위 탓인지 입맛도 없고 체력도 떨어져서 기운이 없었습니다. 에어컨을 틀면 오들오들 떨고, 냉방병 혹은 감기에 걸린 것처럼 오한과 두통이 더해져서 종일 고생하는데 지켜보기 힘들 정도였습니다.

여름이 이렇게 힘들 줄 몰라 제대로 대처하지 못하고 전전긍긍하던 무렵, 사건이 터졌습니다. 아내가 먹던 약이 다 떨어진 걸 알고 병원에 직접 운전해서 갔는데 막상 도착하니 여름휴가로 문이 닫혀 있었습니다. 찜통더위에 심신은 지쳐 있는데 '약이 없으니 앞으로 어떻게 하지?'라는 생각에 패닉이 왔고, 마치 심장이 마비된 것처럼 병원 문 앞에 주저앉아서 숨이 막혀 어쩔 줄 모르고 몇 분을 죽음의 공포에 덜덜 떨었다고 합니다. 그때 처음으로 공황발작을 경험했는데, 단순히 호흡 문제만 온 것이 아니라 손발이 마비돼서 양손이 말을 듣지 않았다고 합니다.

운전대를 쥘 수도 없게 손가락이 굳으니까 울며불며 손가락을 굽히려고 애를 쓰다가 안돼서 저에게 전화를 했는데 갑자기 몸이 왜 이러는지, 평생 마비로 사는 것은 아닌지 온갖 공포로 목소리가 벌벌 떨리는데 듣는 저도 너무 놀랐습니다.

직장에 사정을 이야기하고 급히 아내에게 가는데 우울증과 공황장애 약을 구하는 게 급선무였습니다. 문제는 시간이었습니다. 제가 환자가 아니다 보니 아내를 데리고 병원에 가야 처방을 받을 수 있는데 그때 시간이 이미 오후 4시가 넘어 곧 병원 문을 닫을 때였습니다.

당시 정신건강의학과 병원들은 어째서인지 하나같이 오후 5시 반에서 6시 사이에 문을 닫았는데, 전화 받은 시각이 오후 4시쯤이고 아내에게 달려가서 차에 태운 시점은 이미 5시가 넘어가는 상황이었습니다. 한 시간이나 혼자 공황에 벌벌 떨었던 아내 상태는 최악이어서 안심을 시키기 위해 "문 닫은 병원이라도 다시 열게 해서 약을 구해줄게."라고 큰 소리를 쳤지만 방법이 마땅치 않았습니다.

양재역 부근에 정신건강의학과가 다수 있었던 것을 기억하고 근처로 차를 몰면서 한 손으로는 보이는 대로 병원 상호를 검색해서 무작정 전화를 걸었습니다. 아내에게 공황장애가 왔다고 상황 설명을 하면서 적당한 항우울제나 항불안제가 있는지 물었습니다.

아내가 옆에 타고 있는데 공황으로 상태가 안 좋아서 가기가 힘드니 저에게 대리 처방을 해달라고 사정을 했는데 대부분의 병원이 난색을 표했고, 이미 문을 닫은 곳도 많아서 나중에는 길거리를 뛰어 다니며 불 켜진 병원에 무작정 들어가서 통사정을 했습니다. 그렇게 애원해서 약을 얻어 아내에게 먹이니 표정도 좀 돌아오고 숨도 잘 쉬고 마비도 풀려서 뛸 듯이 기뻤습니다. 한여름이라 숨도 차고 온몸이 땀범벅인데 살았다는 생각에 그저 좋았던 기억이 납니다.

살고 싶다는 마음

한 번 공황장애를 겪고 난 아내는 공황이 언제 다시 찾아올지 모른다는 공포에 사로잡혔습니다. 공황장애라고 특효약이 있는 것은 아니고 결국 항우울제와 항불안제를 복용해서 완화시킬 뿐이기에 혹시 심장에 이상이 생긴 건 아닌지, 다른 사람들이랑 있을 때 공황이 오면 어떻게 할지 걱정을 많이 했습니다.

우울증이 낫지 않고 오래되면 '이렇게 살아서 뭐하나.'하는 생각을 하게 되는데, 여기에 공황장애와 불안증이 더해지니까 그야말로 참담한 심정이었습니다. 전처럼 혼자 차를 운전하다가 갑자기 공황이 오면 사고를 낼 수도 있겠다는 생각에 어디 나가지도 못하고 집에 틀어박혀서 늘 불안해해 한순간도 편히 있을 수가 없었습니다.

제가 옆에서 도우면 아내는 내가 아파서 민폐를 끼치는 사람이 됐다며 부정적인 생각을 했고, 아이들이 엄마 걱정을 하면 아내는 아이들에게 내가 안 좋은 영향을 끼치고 있다며 괴로워했습니다.

처가 식구들이 찾아와 집안일을 도와주면 미안하다며 연신 사과했고, 마치 모든 게 다 자기 잘못인 것처럼 생각했습니다. 만성통증과 우울증, 불안장애, 공황장애까지 겹치는 상황에서 앞으로 낫지 않는다면 이렇게 살아서 무슨 의미가 있나, 살아서 뭐하나라며 삶에 대한 의지를 잃어버리기 시작했습니다.

아내가 혹시라도 그만 살고 싶다는 생각을 할지 모른다는 생각에 겁이 덜컥 났습니다. 온 집안을 뒤져서 날카로운 물건을 숨겼습니다. 칼과 가위를 숨기고, 아이들 학교 준비물은 날이 무디고 플라스틱으로 만든 것으로 바꿨습니다. 창문도 안 열리게 잠그고, 움직이면 소리가 나도록 장난감 방울을 달기도 했습니다. 베란다는 이런저런 물건을 잔뜩 쌓아서 아예 들어갈 수 없도록 막았습니다.

'내가 자는 도중에 일어나서 나쁜 생각을 하면 어쩌지?'하는 생각에 잠도 제대로 못 자고 집안에서 일어나는 모든 일에 신경을 곤두세웠습니다. 다행히 아내가 실행에 옮기는 일은 없었지만, 그렇게 몇 년을 무슨 일이 벌어질지 몰라 긴장하며 살았습니다. 우울증 환자는 오히려 회복기에 사고가 많이 난다고 해서 아내 상태가 조금 좋아져도 마냥 기뻐할 수 없었습니다. 좋아져도, 나빠져도, 마치 누군가의 눈치를 보는 것처럼 속마음을 내색할 수 없어 하루하루가 지옥 같았습니다. 우울증 때문에 아내가 아예 다른 사람처럼 변해버리는 것은 아닌지, 다시는 전처럼 웃을 날이 오지 않는 것인지 걱정이 됐습니다.

본래 아내가 마음이 약한 사람이 아닌데 얼마나 견디는 게 힘들면 안 좋은 생각을 할까라는 생각에 가끔은 참을 수 없었습니다. 힘들면 거리를 정처 없이 걷기도 하고 그래도 안되면 새벽에 혼자 나가서 하늘을 보며 머리를 비우기도 했는데 큰 도움은 되지 않았습니다.

당신은 왜 살아?

어느 날 밤, 머리가 복잡해서 바람을 쐬고 들어오는데 아내가 거실에서 저를 기다리다가 넌지시 한 마디 질문을 던졌습니다.

"당신은 왜 살아?"

조용한 목소리로 이렇게 물어보는데 아내 목소리가 마치 세상 다 산 사람 같아서 겁이 덜컥 났습니다. '이 사람이 힘들어서 의지를 잃었구나. 내가 지금 대답을 잘 해야겠다.'라는 생각에 머리가 어질어질했습니다.

그런데 정말 저도 제가 왜 사는지 모르겠더군요. 바쁘게 아내 따라다니며 어설프게 병수발은 해도 왜 사는지 물어보는 데는 제대로 답을 하지 못하겠어서 몇 초간 말 못하고 가만히 서 있기만 했습니다.

그러다 갑자기 제가 겪었던 큰일이 떠올랐는데, 아내가 첫째 임신하고 6개월이 됐을 때였습니다. 당시 저는 일중독자처럼 주말도 없이 철야를 밥 먹듯이 했는데, 그날도 회사에서 일주일 내내 일하다가 일요일 새벽 3시쯤, 집에서 걸려온 전화를 받았습니다.

수화기 너머로 아내가 몸 상태가 이상하다고 하는데 임산부 잘못될까 겁이 나서 급히 전화를 끊고 차를 몰아 집으로 가다 교통사고가 났습니다. 새벽이슬에 길이 미끄러운 것을 모르고 급히 가다가 과속으로 차가 미끄러져서 발생한 사고였습니다.

사고가 난 장소는 내부순환도로 마장램프 근처였는데 높이 25m 정도 되는 고가도로인데도 차단벽 높이가 고작 90cm 정도로 낮아서 제 차가 벽을 충격하고 멈추기는커녕 벽을 타넘기 시작했습니다. 차가 위로 번쩍 들리면서 밤하늘에 달이 얼핏 보이는데 꼼짝없이 추락해서 죽는구나 싶었습니다.

여러 번 충격을 받으며 차가 찌그러지는데 몸이 차체에 부딪힐 때마다 칼에 찔리는 듯 아팠습니다. 반복되는 통증에 정신을 잃을 뻔했습니다. 기어봉이 운전대까지 밀릴 정도로 차가 변형됐는데, 그때마다 폭탄 터지는 듯한 소리가 들려서 귀도 멍하고 아무것도 들리지 않는 상태에서 급기야 주마등이 보이기 시작했습니다.

머릿속에 살아오면서 있었던 일들이 빠르게 지나갔습니다. 사람들에게 못되게 굴었던 기억들, 안 좋은 말로 상처 준 기억들이 떠오르면서 어찌나 괴로운지 다시 한번 살 수 있다면 그러지 않을 텐데, 내가 왜 그랬을까, 땅이 꺼지게 후회가 됐습니다. 그리고 갑자기 아내 생각이 났는데 임산부를 두고 먼저 가다니 큰 죄를 짓는구나, 뱃속에 아이도 보지 못하고 너무 미안하다는 생각에 그 짧은 순간에도 눈물이 났습니다.

그 순간 뒷바퀴 하나가 불꽃이 번쩍하며 탈락하면서 차가 난간을 넘지 못하고 뒷부분부터 폭삭 주저앉았습니다. 그렇게 천만다행으로 추락을 면했는데 기적적으로 차가 멈추는 순간, 머릿속에서 '죽고 싶지 않다, 살고 싶다, 잘 살고 싶다, 아내에게 잘하고 싶다.'라는 생각이 강하게 떠올랐습니다. '앞으로 다시 살 수만 있다면 아내에게 정말 잘 해야지. 태어나는 아이 얼굴 보면서 열심히 가족을 위해 살아야지.'하는 생각이 들었습니다. '난

살아서 무조건 가족에게 잘 할 거야.'라는 생각을 하며 차에서 탈출하려고 애를 썼는데 살면서 그렇게 삶에 대한 의지가 차올랐던 적이 없었습니다.

아내를 쳐다보면서 사고 때 했던 생각들을 이야기했습니다. 구구절절 다 말하지는 못했지만 그때 나는 당신을 위해서 살기로 마음먹었고, 열심히 살면서 가족들 위하고 잘 해줄 거라고, 죽기 전에 그렇게 맹세했다고 말했습니다. 사고 났을 때는 아내가 임신 중이라 혹시 놀랄까 봐 자세히 얘기한 적이 없어서 아내는 처음 듣는 얘기였습니다. 왜 살아야 하는지, 어떻게 살고자 하는지 제가 느꼈던 감정에 어느 정도는 공감해 준 것 같습니다.

이후에도 아내는 여러 번 비슷한 질문을 했는데 우울증에 걸리면 어째서인지 '인생이란 무엇일까?'같이 철학적인 고민이 많아지는 것 같습니다. 그럴 때마다 저는 아내가 삶의 의지를 잃는 것은 아닌가 걱정이 돼서 "사람은 누구나 죽는 것이니 살아있을 때 서로 잘하고 축복처럼 살자.", "오늘 하루 정말 재밌게 살아보자."라는 얘기를 하며 달랬습니다. 제가 죽다 살아난 사람인 걸 알고 있으니 허투루 하는 말이 아니라는 것을 알아줬으면 하는 마음이었습니다.

3장

우울증 공부를 시작하다

이래서는 낫기 어렵겠다 싶어서 지금 아내가 먹고 있는 약이 무엇인지, 특징은 뭔지, 부작용은 어떤 것이 있는지, 복용 기간에 따라 무엇을 조심해야 되는지 등을 공부해야겠다고 마음먹었습니다.

03

우울증 공부를 시작하다

우울증은 치료제에 대한 반응과 부작용이 사람마다 달라 어떤 약이 맞을지, 직접 먹어 보기 전에는 알 수가 없습니다. 운이 좋으면 첫 시도에서 약이 효과를 내지만 대부분은 그렇지 않아서 맞는 약을 찾을 때까지 여러 번 약을 바꾸게 됩니다. 그냥 효과만 없으면 다행이지만 부작용이 있는 경우도 많아 세로토닌 증가로 식은땀이 난다든가, 손발 떨림 등의 신체적 증상(세로토닌 증후군)이 나타나 심한 경우 사망에 이를 수 있어 환자 입장에서는 약을 더욱 꺼리게 됩니다.

약물 치료가 효과를 내기까지 얼마나 오래 걸리는지에 대해서는 자료에 따라 다르지만 2019년 건강보험심사평가원 자료를 토대로 한 연구 결과를 보면 '맞는 약(유효 처방)'을 찾아서 90일 이상 복용한 경우는 43%에 지나지 않는다고 합니다. 나머지 57%의 환자는 여러 약을 전전하며 괴로운 싸움을 하고 있는 것입니다. 상황이 이렇다 보니 아예 약물 치료를 포기하는 경우가 많은데, 2010년 연구인 '항우울제의 복약 순응도(이문수, 고영훈, 조숙행, 고려대 정신건강연구소)' 논문을 보면 전체 환자의 72%가 치료를 시작한 지 90일 이내에 약물 치료를 중단할 정도입니다.

처음에는 이런 내용을 몰라 아내가 금방 맞는 약을 찾을 거라는 희망이 있었습니다. 원래 병원에서 일하던 사람이어서 진료 분위기나 복약지도에 익숙할 거라고 생각했는데, 여러 약을 전전하고도 맞는 약을 찾지 못했고 심한 부작용을 겪기 시작했습니다. 부작용이 심해지자 항불안제 처방이 더해졌는데, 종류와 용량이 점점 늘어나서 같이 먹으면 안 되는 약도 있고 부작용도 생겨 정신이 없었습니다.

약을 타러 가는 과정도 스트레스의 연속이었습니다. 병원에서 직접 약을 받을 수 있는 경우도 있었지만, 대학병원급으로 옮기고 나서는 폭력 성향이 있는 조현병 등 극소수 환자가 아니면 외부 약국을 이용해야 했습니다. 일반 약이 아니다 보니 해당 약을 가진 약국까지 찾아가 대기해야 했고, 약을 받을 때까지 1시간가량 걸려 진료를 다녀오면 너무 힘들어서 완전히 질려버렸습니다.

이래서는 낫기 어렵겠다 싶어서 지금 아내가 먹고 있는 약이 무엇인지, 특징은 뭔지, 부작용은 어떤 것이 있는지, 복용 기간에 따라 무엇을 조심해야 되는지 등을 공부해야겠다고 마음먹었습니다. 자연스레 우울증의 특징이나 경과, 치료제 종류에도 관심이 생겨서 이런저런 책을 닥치는 대로 읽었는데, 나중에는 의대 교과서도 보고, 증례보고 같은 신약 논문도 보게 됐습니다.

리디북스나 밀리의서재 등 전자책 업체에서 제공하는 무제한 서비스에 가입해 국내에 나온 우울증 관련 서적을 모두 봤는데 100권이 넘어가기 시작하니까 비슷한 내용이 많아서 공부가 점점 수월해졌습니다.

어차피 잠도 잘 안 오고 머리도 복잡해 우울증 관련 자료를 보는 것이 일종의 도피처가 됐는데, 새벽에 책을 보기 시작해서 아침에 해가 뜰 때까지 줄을 그어가며 수험생처럼 공부했습니다. 많이 봤다고 아는 게 많다고는 할 수는 없지만 막연함에서 벗어나 아내에게 실제로 도움이 될 수 있겠다는 생각이 들었습니다.

우울증이 어떻게 진단되는지, 주로 어떤 약을 처방하는지, 경과는 어떤지, 재발률은 어떤지 등등 아내와 우울증을 주제로 자주 얘기를 했습니다. 신약이나 최신 치료법을 다룬 연구 논문이나 인터넷 기사를 보면 다음 진료 때 의사에게 말해보자고 희망

섞인 대화를 나눴습니다. 아내 컨디션이 좋지 않아서 힘들어할 때도 그냥 옆에서 전전긍긍하는 게 아니라 지금 느끼는 증상은 단기 부작용이라서 금방 없어진다는 식으로 얘기해서 조금씩 숨도 돌리고 긍정적인 생각을 할 수 있게 됐습니다.

정보와 지식도 도움이 되었지만 고시 공부하듯 밤잠 없이 우울증 공부를 하니까 아내가 그걸 보고 기운을 많이 냈습니다. 힘들어하던 아내에게 삶의 이유가 된 것 같았습니다. 처음에는 제가 잠도 안 자고 책을 파고드니 너무 무리하는 게 아닌지 걱정했는데 공부하면서 저도 좀 우울증에 대해 알 것 같다고 하니 안심했습니다. 책값도 걱정했는데 전자책 구독 서비스로 무제한으로 본다고 하니 그런 게 있냐며 아주 좋아했습니다. 담당 의사도 보호자가 진료 내용을 이해하는 사람이라며 반가워했고 종종 아내에게 "남편분이 열심이시니 복받은 거예요.", "이런 경우는 처음 봤네요. 환자분은 꼭 나으실 겁니다."라며 기운 나는 이야기를 해준 것도 큰 도움이 됐습니다.

<우울증 공부에 도움 되는 팁>

베스트셀러를 본다

- 우울증을 다루는 책이 많아 어떤 책을 읽어야 할지 난감할 수 있는데 교보문고나 예스24, 알라딘 등에 접속해 '우울증'으로 검색해 베스트셀러부터 읽는 것이 좋습니다.
- 우울증 서적을 찾는 사람은 환자나 보호자일 가능성이 높아 평점 좋은 책들을 골라 읽으면 병에 대한 이해에 도움이 될 가능성이 높습니다. 많은 책들이 치료 사례에 대한 내용을 다루니 향후 치료와 관련 있는 내용이 나오면 다시 볼 수 있도록 주요 내용에 줄을 긋고 형광펜으로 강조 표시를 하면 아주 좋습니다.
- 아무래도 병에 대한 내용이라 책을 읽는 것 자체가 고역이지만 책마다 공통되는 내용이 있어 20~30권 이상 읽게 되면 이후부터는 보는 속도가 빨라지고 내용도 쉽게 파악됩니다.

논문을 검색해 읽는다

- 시중에 나와있는 베스트셀러는 '중증 우울증'을 다루는 경우가 별로 없습니다. 있어도 한 챕터 정도라 필요한 내용이 없을 경우 논문을 검색해서 읽는 것이 도움이 됩니다.
- 구글에서 '우울증.pdf' 혹은 '중증 우울증.pdf' 등으로 검색

어를 입력하면 PDF 형태로 발표된 논문과 연구 자료를 찾아볼 수 있습니다.

- 이들 정보에는 인용 횟수가 표시돼 있는데 인용이 많이 된 자료일수록 믿을 수 있으므로 먼저 보도록 합니다.

- 해외 논문 역시 마찬가지로 'depression .pdf', 'severe depression .pdf', 'うつ病 .pdf', '重症うつ病 .pdf'를 검색어로 넣은 후 나타나는 논문의 인용 횟수를 참고해 정보를 습득하는 것이 좋습니다. 요즘은 번역 서비스 성능이 굉장히 좋아 이를 사용하면 해외 자료도 쉽게 볼 수 있습니다.

처방약을 검색해서 관련 자료를 찾는다

- 항우울제, 항불안제 등의 이름을 검색해서 적응증과 어떤 효과가 있는지, 부작용은 무엇인지, 얼마나 복용해야 효과가 있는지 등을 파악합니다.

- 검색엔진에 약 이름과 '증례보고'라는 단어를 함께 검색하면 실제 의료진이 치료 과정에서 관찰한 내용을 볼 수 있는데, 성별·연령·병의 중등도에 따라 치료 효과와 경과가 기록돼 있어 도움이 됩니다.

병원에 비치된 자료를 참고한다

- 대학병원급 대기실에 가면 우울증과 치료 과정이 소개된 책

자가 있습니다. 일반 서적처럼 길지 않고 실제 도움 되는 내용 위주로 간단하게 정리돼 있어 부담 없이 볼만합니다.

- 병의 증상에 대한 내용과 치료 과정에 어떤 약물이 사용되는지, 치료 기간과 완치율 및 재발률을 다루고 급할 때 입원하게 되는 시설에 대한 소개 등으로 이루어져 있습니다. 운동이나 TMS 등 비약물적인 치료법 등이 소개돼 있기도 합니다.

의대 교과서를 참고한다

- 대한우울조울병학회에서 출간하는 의과대학 교과서를 읽으면 좀 더 체계적으로 정리된 내용을 통해 우울증과 그 치료 과정에 대해 이해할 수 있습니다.

- 대한정신약물학회나 출판사 '시그마프레스' 홈페이지에서도 전문의 교재를 검색할 수 있는데 치료 지침 등이 나와 의료진과 대화하거나 진료 과정을 이해하는 데 많은 도움이 됩니다.

- 아무래도 교과서적인 내용이 많고 최신 치료 기법 같은 자료가 부족해 병의 진행이 빠르고 시간이 얼마 없는 경우에는 보지 않는 것이 좋습니다.

인터넷 커뮤니티를 살펴본다

- 성별, 연령대가 비슷하고 사용자가 많은 사이트에서 '우울증' 키워드로 검색해서 관련 글들을 읽고 새로 올라오는 글을 구

독합니다.

- 실제 항우울제를 복용하고 불안, 공황 등을 겪고 있는 사람들이 적은 글들이 올라와 많은 도움이 됩니다. 병을 이겨낸 경우 어떤 방법이 도움이 됐는지 소개한 경우가 많으니 나중에 참고할 수 있도록 스크랩합니다.

- 특정 약물이 잘 듣지 않는다는 내용도 많이 올라오는데 약의 효과는 사람마다 다르니 이런 내용에 영향을 받아 지레짐작으로 선입견을 가질 필요는 없습니다.

중증 우울증·치료저항성 우울증에 대한 이해

우울증은 다른 질병과는 달리 혈액 검사로 수치를 볼 수 있는 게 아니다 보니 병의 중증도를 쉽게 알 수 없습니다. 리튬 같은 약물을 사용하는 경우에는 혈중 리튬 농도를 검사해서 용량을 조절하지만 그것은 치료를 위한 검사이지 병의 진행 정도를 알 수 있는 방법은 아닙니다. 어쩔 수 없이 환자에게 현재 상태에 대해 직접 설명하게 해서 병력을 파악하는데, 사람마다 표현 강도가 달라 객관적으로 얼마나 심각한 상태인지 정확히 알기 어렵습니다.

다양한 방법으로 우울척도를 파악해서 중등도 이상이면 중증 우울증으로 분류하는데, 중증 우울증은 단순히 자신감이 없어지고 부정적인 생각이 드는 것이 아니라 사회생활이 불가능할 정도로 처지고 자살 충동을 동반하는 특징이 있습니다. 널리 쓰이는 해밀턴 우울척도(HDRS, Hamilton Depression Rating Scale)를 예로 들자면 '우울한 기분', '죄책감', '일과 활동', '자살 충동', '신체적 증상', '수면 장애' 등 17가지를 항목별로 0~4점까지 점수를 매긴 후 합산해서 총점 52점 중 25점 이상이면 중증 우울증으로 판단합니다. 아내는 초진에서는 20점대였던 것이 3개월 단위로 빠르게 악화돼 40점대까지 상승했습니다.

<우울증 진단에 활용하는 해밀턴 우울척도, K-HDRS>

(17개 항목 총점 52점 | 정상 : 0~6점 | 약한 우울증 : 7~18점 | 중간 정도의 우울증 : 18~24점 | 심각한 우울증 : 25점 이상)

1	우울한 기분 (슬픔, 절망감, 무력감, 무가치감)	0	없다.
		1	물어보았을 때만 우울한 기분이라고 말한다.
		2	자발적으로 우울한 기분이라고 말한다.
		3	얼굴 표정, 자세, 목소리, 쉽게 우는 경향과 같은 비언어적 표현을 통해 우울한 기분을 나타낸다.
		4	오로지 우울한 기분만을 언어적, 비언어적 표현을 통해 나타낸다.
2	죄책감 (Feeling of quilt)	0	없다.
		1	자책하거나 자신이 사람들을 실망시키다고 느낀다.
		2	죄를 지었다고 생각하거나, 과거의 실수나 자신이 한 나쁜 행위에 대해 반복적으로 생각한다.
		3	현재의 병을 벌로 여긴다. 죄책망상이 있다.
		4	비난 또는 탄핵하는 목소리를 듣거나 위협적인 환시를 경험한다.

3	자살	0	없다.
		1	인생이 살 가치가 없다고 느낀다.
		2	차라리 죽었으면 하거나 죽는 것에 대한 상상을 한다.
		3	자살 사고가 있거나 자살기도처럼 볼 수 있는 행동을 한다.
		4	심각한 자살 기도를 한다.
4	초기 불면증	0	잠드는 데 어려움이 없다.
		1	간간이 잠들기가 어렵다(잠드는 데 30분 이상 걸린다).
		2	매일 밤 잠들기가 어렵다.
5	중기 불면증	0	어려움이 없다.
		1	편하고 깊게 자지 못한다.
		2	한밤중에 깨어 뒤척이거나 잠자리에서 벗어난다(소변을 보기 위한 경우는 제외).
6	말기 불면증	0	어려움이 없다.
		1	새벽에 깨지만 다시 잠이 든다.
		2	일단 깨어나면 다시 잠들 수 없다.
7	일과 활동	0	어려움이 없다.
		1	제대로 할 수 없다고 느낀다. 일이나 취미 같은 활동에 대해 피로하거나 기력이 떨어졌다고 느낀다.
		2	일이나 취미 같은 활동에 흥미를 잃는다. 환자가 직접 이야기하거나, 무관심, 우유부단, 망설임을 통해 간접적으로 나타낸다(일이나 활동을 억지로 한다고 느낀다).
		3	활동 시간이 줄거나 생산성이 떨어져 있다. 입원환자의 경우, 병동 생활에서의 개인적인 자질구레한 일을 제외한 활동(원내 작업이나 취미)에 보내는 시간이 하루 3시간을 넘지 못한다.
		4	현재의 병 때문에 일을 중단한다. 입원환자의 경우, 병동 생활에서의 개인적인 자질구레한 활동 이외에는 전혀 활동을 하지 않거나, 도움 없이는 병동 생활에서의 개인적인 자질구레한 일도 해내지 못한다.

8	지체 (생각과 말이 느려짐, 집중력 저하, 운동 활성의 저하)	0	정상적으로 말하고 생각한다.
		1	면담할 때 약간 지체되어 있다.
		2	면담할 때 뚜렷이 지체되어 있다.
		3	면담이 어려울 정도로 지체되어 있다.
		4	완전한 혼미 상태에 있다.
9	초조	0	없다.
		1	조금 초조한 듯하다.
		2	손이나 머리카락 등을 만지작거린다.
		3	가만히 앉아있지 못하고 몸을 자꾸 움직인다.
		4	손을 비비꼬거나 손톱을 물어뜯거나 머리카락을 잡아 당기거나 입술을 깨문다.
10	정신적 불안	0	없다.
		1	긴장감과 과민함을 느낀다.
		2	사소한 일들에 대해 걱정한다.
		3	얼굴 표정이나 말에서 염려하는 태도가 뚜렷하다.
		4	묻지 않아도 심한 공포가 드러난다.
11	신체적 불안 (불안의생리적 현상)	0	없다.
		1	경도.
		2	증등도.
		3	고도.
		4	최고도(기능을 전혀 할 수 없을 정도다).

12	위장관계 신체 증상	0	없다.	
		1	입맛을 잃었지만 치료진의 격려 없이도 먹는다. 속이 더부룩하다.	
		2	치료진의 강요 없이는 잘 먹지 않는다. 하제나 소화제 등 위장관계 증상에 대한 약제를 요구하거나 필요로 한다.	
13	전반적인 신체 증상	0	없다.	
		1	팔/다리/등/머리가 무겁다. 등의 통증/두통/근육통, 기운이 없고 쉽게 피곤해진다.	
		2	매우 뚜렷한 신체 증상이 있다.	
14	성적인 증상 (성욕 감퇴, 월경 불순)	0	없다.	
		1	경도.	
		2	고도.	
15	건강염려증	0	없다.	
		1	몸에 대해 많이 생각한다.	
		2	건강에 대해 집착한다.	
		3	건강이 나쁘다고 자주 호소하거나 도움을 청한다.	
		4	건강염려증적 망상이 있다.	
16	체중 감소 (A 또는 B로 평가한다.)	0	A. 병력에 의해 평가할 때	체중 감소가 없다.
		1		현재의 병으로 인해 체중 감소가 있는 것 같다.
		2		(환자에 따르면) 확실한 체중 감소가 있다.
		0	B. 매주 체중 변화를 측정할 때	주당 0.5kg 미만의 체중 감소.
		1		주당 0.5kg 이상, 1kg 미만의 체중 감소.
		2		주당 1kg 이상의 체중 감소.

17	병식 (Insight)	0	자신이 우울하고 병들었다는 것을 인식한다.
		1	병들었다는 것을 인정하지만, 음식/날씨/과로/바이러스/휴식 부족 등이 이유라고 생각한다.

(출처 : 이중서, 배승오, 안용민 외. 한국판 Hamilton 우울증 평가 척도의 신뢰도, 타당도 연구. Journal of Korean Neuropsychiatric association. 2005;44(4):456-465.)

처음 병원에 갔을 때는 중증 우울증 자체를 몰라 아내 우울증이 그렇게 무서운 병이라고는 생각하지 못했습니다. 첫 진단을 받은 병원에서는 '마음의 감기'같이 가벼운 병이라는 설명만 들었고 진단과 동시에 항우울제 처방이 나왔는데, 항우울제가 얼마나 안전하고 극적인지 마치 광고하듯 효과를 반복해서 설명했습니다.

항우울제를 먹으면 빠르면 2주, 늦어도 4주면 효과를 보고 부작용은 아주 적으니 걱정할 것 없다는 꿈만 같은 이야기였습니다. 아내는 근육통, 불면증, 가슴이 뛰는 증상(심계항진) 등 여러 신체 증상이 있었는데 아쉽게도 2주 만에 효과를 본 항우울제는 하나도 없었습니다. 심발타(Cymbalta, 성분명 Duloxetine)는 효과가 있었지만 6주 차가 돼서야 근육통과 가슴 두근거림이 조금 줄어드는 정도로 효과가 약하고 느리게 나타났습니다. 효과가 없더라도 통상 4~6주 정도 복용하며 약효를 지켜보다가 8주가 지나도 약효가 없으면 약을 바꿔보는데 약을 끊는 과정에서 부작용이 발생하기도 하고 새로운 약과 충돌할 수 있어서 아주 힘들었습니다.

중증 우울증 환자 중에 이런 식으로 기존 항우울제 2가지 이상과 다른 약물을 써도 효과가 없는 경우, 치료저항성 우울증이라고 합니다. 치료가 잘되지 않는 상태에서 병이 깊어지면 뚜렷하게 우울증 증상이 지속되는 기간인 '우울삽화(Depressive Episode)'도 강해지는데 우울감을 넘어 아무것도 가치 있게 느껴지지 않는 공허함이 24시간 지속되고, 무엇을 먹을 생각도, 힘도 나지 않아서 체중이 급격히 감소해 몰골이 피폐해집니다. 자기 관리도 다 포기하고 계속 잠을 자거나 불면이 심해져서 괴로워하게 되는데 이렇게 되면 항우울제 복용 자체도 어려운 일이 됩니다.

병원에서는 치료 효과를 끌어올리기 위해 입원을 권유하는데 환자 스스로 고통스러워서 자진 입원하는 경우도 있습니다. 다만 대학병원은 빈자리가 없어서 2~3개월 대기해야 할 수 있는데 급성 우울증은 이렇게 대기하는 것 자체가 생사를 가르는 중대한 문제가 됩니다.

중증 우울증과 치료저항성 우울증 환자의 비율은 연구마다 다르지만 보통 중증 우울증은 전체 우울증 환자의 3분의 1 수준으로 절대 적지 않으며, 치료저항성 우울증은 그중에 30% 정도로 추정하고 있습니다. 자살 충동으로 괴로워하다가 실제 자살 시도를 하는 환자 비율도 연구마다 다르지만 15~25%로 상당히 많은 수이며, 2~5%의 우울증 환자가 실제로 생을 등지는 것으로 알려져 있습니다.

진료실에서 마주한 절규

아내 상태가 나빠져서 대학병원 우울증 센터에 첫 진료를 갔을 때입니다. 병원에 대한 믿음이 사라져가던 때라 망연자실하게 앉아있는데 건너편에 60대 어르신이 보였습니다. 불안증이 심한지 연신 다리를 만지작거리고 계셨는데, 눈에는 눈물이 가득해서 한눈에도 우울증이 심한 걸 알 수 있었습니다. 같이 온 보호자에게 고통을 토로하다가 절절하게 울기 시작해 보기에 너무 딱했습니다. 그분이 진료실에 먼저 들어가서 하는 얘기가 바깥까지 들렸는데 뜻밖의 사연에 크게 놀랐습니다.

"선생님, 제 아들이 죽어서요. 우울증이 낫지를 않습니다."

듣는 순간 아들을 잃은 어르신의 고통이 전해져서 머리를 망치로 맞은 것 같은 기분이었습니다. 갑자기 '저렇게 큰일을 당한 어르신도 있는데 내가 이러면 안 되지.'하는 생각이 들었습니다. 제가 아내 우울증만 생각하느라 시야가 좁아져 있다는 것을 깨달았습니다. 저희는 건강한 아이들이 둘이나 있고 집에 가면 누가 먼저라고 할 것 없이 뛰어와서 뽀뽀하고 안기고 엄마 기분 좋으라고 예쁜 짓도 하니까요. 애들 봐서라도 힘을 내야겠다, 이런 생각을 하면서 잠깐 정신이 돌아오는 것을 느꼈습니다.

이어지는 진료에서는 중증 우울증은 금방 낫지 않으며 긴 싸움이 될 수 있고 입원을 할 수도 있다고 했습니다. 이럴 때일수록 보호자 역할이 중요하다고 했습니다. 짐작은 하고 있었지만 직접 중증이라는 이야기를 들으니 받아들이기가 쉽지 않았습니다.

우울증 종류가 참으로 여러 가지가 있다는 생각과 동시에 걱정과 고민이 몰려왔는데, 앞서 목격한 어르신이 떠올라서 '자식 잃은 분과 비교하면 우리는 그래도 나은 것이 아닌가.', '내가 노력하면 아내는 결국엔 나을 것이다.', '살 방법이 있을 것이다.'라고 애써 긍정적인 생각을 하며 병원을 나섰습니다.

나오면서 우울증 센터를 돌아보는데 겉보기에는 참 밝은 분위기로 꾸며져 있었습니다. 건물 인테리어도 포근한 느낌이고 페인트도 핑크빛으로 예쁘게 칠해져 있어서 마치 어린이 병동 같았지만 환자는 경증보다 중증인 사람이 훨씬 많았습니다.

우울증이 중증이 되면 만성 통증이나 끊임없는 자살 충동으로 삶의 의지가 바닥나 환자 스스로는 어떻게 해도 빠져나올 수 없습니다. 긍정적인 사고가 불가능해지고 주변인에 대한 의심, 비난 등으로 인간관계도 파탄에 이르러 보호자가 없는 경우도 많습니다.

대기실에는 공허하고 외로운 마음에 흐느끼는 사람, 혼자 눈물을 흘리며 안절부절못하는 사람이 많았는데, 누군가 크게 울기 시작하면 분위기가 순식간에 무거워졌습니다. 처음에는 어색했지만 병원을 오래 다니며 이런 분위기에도 익숙해졌습니다. 어쩌면 우리 부부도 다른 사람의 눈에는 비슷하게 보였는지도 모르겠습니다.

현대의학에도 한계가 있다

우울증 진단은 면담으로 청취한 환자 상태에 근거해 결정됩니다. 원인을 파악하는 것이 아니고 우울증 증상이 어느 정도로 얼마나 오래 지속됐는지를 보는데, 예를 들면, 전에 없던 무기력증이 나타났다면 일상생활이 어려울 정도였는지를 묻고, 얼마나 지속됐는지를 확인합니다. 불면증이 생겼다면 평소 대비 얼마나 수면 시간이 줄었는지, 신체적인 통증 등 다른 증상은 없었는지 물어보고 그 정도를 분류해서 우울증 진단을 내리는 것입니다.

우울삽화는 2주 이상 우울증으로 인한 정신적, 행동 변화가 관찰되는 기간을 의미하는데, 정신적으로는 하루 종일 기분이 우울하고 무기력해져서 매사에 흥미가 사라지는 것이 보통이고 자기혐오가 강해져서 심하면 자살 충동에 사로잡히게 됩니다. 신체적으로는 불면증, 근육통, 피로감, 체중 감소, 불안감, 가슴 두근거림, 오한같이 다양한 증상이 동반됩니다. 이중 몇 가지 증상이 나타났는지, 정도는 어땠는지, 얼마나 오랫동안 유지됐는지를 파악한 뒤 의사의 종합적 판단이 더해져 우울증 진단이 내려집니다.

이런 방식을 기술 정신병리학(Descriptive Psychopathology)이라고 하는데, 문제는 사람마다 느끼는 감정의 동요가 다르고 그것을 표현하는 방법도 다 주관적이라는 점입니다. 그래서 환자 본인뿐만 아니라 보호자 이야기도 참고해야 하고 의사에 따라 판단이 달라지기도 합니다.

보통 5분 안팎인 병원 진료 시간을 고려하면 명의라고 한들 환자 상태 파악이 쉽지 않아서, 최대한 어울릴 것 같은 약을 처방하는 것이 한계입니다. SSRI, SSNI 등 주로 쓰이는 항우울제는 50년 전에 개발된 것들로 부작용은 적지만 효과가 즉시 나타나지 않아 치료 효과를 보기까지 4~8주 정도 기다려야 하는 어려움이 있습니다.

우울증 진행은 빠른데 치료제가 효과를 내는 시간이 길다 보니 심한 경우 치료 도중에 견디지 못하고 극단적인 선택을 하기도 합니다. 통계마다 다르지만 우울증에 걸릴 경우 15%는 자살로 생을 마감하며 전체 자살자의 50~80% 정도가 우울증으로 인한 것으로 추정됩니다.

2019년 우리나라 인구 10만 명당 자살률이 26.9명인데, 만약 이중 70%가 우울증으로 인한 것이라면 간암 사망자(20.6명)와 비슷합니다. 이렇게 생각하면 우울증은 '마음의 감기'가 아니라

'마음의 암' 정도로 심각한 '자살 병'이라고 할 수 있습니다.

암은 CT나 MRI, PET/CT 등의 영상 촬영으로 조기에 발견할 수 있고 진행 상황을 파악할 수 있어 어떤 면에서는 우울증보다 유리한 면이 있다고 할 수 있습니다. 우울증은 겉으로 티가 나지 않아 환자 상태가 어떤지 알기 어렵고, 건강검진 같은 임상검사로도 발견하지 못하니 치료가 지체됩니다.

우울증도 초기 진단이 이뤄질 수만 있다면 경과가 좋은 편이지만 현실적으로는 본인이 우울증이라는 것을 자각할 때까지 시간이 오래 걸려 치료를 늦게 시작하게 됩니다. 치료가 늦어지면 같은 용량의 약을 써도 효과가 덜하고 치료 기간도 훨씬 길어지게 됩니다.

우울증은 원인을 파악하는 것도 어렵습니다. 특별한 원인이 없는 경우가 많은데 아내도 원인을 알 수 없었습니다. 아내는 아이들 키우며 열심히 살면서 행복한 사람이었고 지능이 뛰어나고 언변이 좋아서 직장 생활도 원만했습니다. 성격이 좋아서 이웃 관계가 좋았고 누군가와 이별한 것도 아니고 대형 병원에 근무해 직업 안정성도 높고 경제적인 문제가 있는 것도 아니었습니다. 이렇다 할 원인을 찾을 수 없어서 더 망연자실했었는데 장모님이 우울증을 심하게 앓으셔서 유전이 어느 정도 영향을 끼쳤다는 생각입니다.

유전이 원인이라고 한들 뾰족한 대응 방법이 있는 것도 아닙니다. 실직, 실연 등 명확한 원인이 있어도 원인을 제거하거나 대응할 방법이 마땅치 않습니다. 만성 통증같이 신체적인 문제가 있다면 별도 치료법이 있지만 대학병원이 아닌 이상 마취통증의학과 협진을 기대하기 어려워 치료에 난항을 겪기 쉽습니다.

보호자에게 환자 상태를 질문해도 외견상 보이지 않는 신경통 등에 대해 정확히 알 수 없고 우울감이나 무력감이 어느 정도인지, 기분까지 알 수는 없는 노릇입니다. 현실적으로는 보호자가 진료에 오지 않는 경우도 많습니다. 오더라도 진료실 바깥에 있길 고집하고 동석하지 않거나 관심이 없는 등 협조적이지 않아서 문제가 되기도 합니다. 이러다 보니 치료 과정이 원활하지 않아서 환자가 받는 스트레스가 클 수밖에 없습니다.

치료받는 과정은 더 힘든데 치료가 잘되지 않으니 의료진을 불신하게 돼 치료 도중에 다른 병원으로 옮기는 경우도 많습니다. 의료진 입장에서도 처음부터 끝까지 병의 경과를 지켜볼 수 없어 제대로 된 치료를 할 수 없게 됩니다. 눈부시게 발전한 현대의학이지만 우울증은 환자의 상태를 정확히 아는 것부터 쉽지 않습니다.

환자 수기에서 찾은 희망

저희 부부가 다니던 우울증 센터는 규모가 커 자체적으로 발행하는 간행물이 다수 비치돼 있었습니다. 작은 건 손바닥만 한 크기에 분량도 10페이지 내외로 짧았는데, 우울증이란 무엇이며, 병원 치료 중에 어떤 과정을 거치게 되는지 설명이 쓰인 소개 자료 같은 것들이 많았습니다.

공짜인데다가 아무도 보지 않는 것 같아서 큰 기대 없이 진료 대기 중에 읽었는데 의외로 내용이 충실했습니다. 시중에 나와 있는 책들과는 달리 정말 실제 환자들이 조심해야 할 부분이나 건강 유지를 위해 필요한 정보가 빼곡히 적혀 있었습니다. 이후로는 병원 갈 때마다 새로 나온 책은 없는지 체크해서 뭐라도 새로운 게 나오면 집에 가지고 와서 여러 번 읽었는데 답답한 마음에 얼마나 큰 위로가 됐는지 모릅니다.

어느 날 병원에 가니 수수하게 생긴 소책자가 새로 들어와 있길래 얼른 집어 들었는데 우울증 환자들의 수기였습니다. 가명이지만 이름과 나이, 성별, 얼마나 병을 앓았는지가 적혀 있고 우울증을 앓으면서 어떤 어려움이 있었고, 어떻게 극복했는지 경험담이 여럿 수록돼 있었습니다. 암울한 시기를 보내던 저희 부부에게는 그 무엇과 비교할 수 없는 귀한 책이었습니다.

경험담이라 나이가 좀 있는 어르신 이야기가 많을 것 같았는데 생각보다 20대가 많아서 놀랐고, 우울증에 걸렸다고 낙담하거나 비관하지 않는 것도 놀라웠습니다. 운동을 하니까 조금씩 좋아졌다든가, 여행을 다녀와서 회복됐다는 얘기가 많아서 눈이 번쩍 뜨였고, 맛있는 요리를 만들기 시작했더니 병이 조금씩 나아졌고, 가족의 도움으로 살아났다는 내용들이 적혀 있었습니다.

특히, 기억에 남는 수기가 하나 있었는데 20대 여성으로 어렸을 적부터 우울증이 심해서 입원도 여러 번 했다고 했습니다. 한창 나이에 아무것도 못하고 은둔생활을 하니 대인기피증까지 생겨 병원에도 가지 않게 되었다고 합니다. 밥을 먹어도 모래를 씹는 것 같고, 어떤 즐거움도 느끼지 못하며 자살 충동이 심해서 차라리 지나가는 차에 치어서 죽는 게 낫겠다는 생각만 했다는 내용이었습니다. 그간의 고통이 어느 정도인지 짐작이 갔습니다. 그러던 어느 날 친동생이 찾아와서 씻기고 머리를 빗겨주면서 "병원에 가자."라고 말한 게 계기가 돼서 지금은 꼬박꼬박 병원에 다니고 있으며 산책과 운동을 병행하면서 많이 좋아져서 동생에게 고맙다는 내용이었습니다.

짤막한 수기였지만 많은 것을 느낄 수 있었습니다. 우울증은 투병이 길어지면 일상생활이 불가능해져 혼자서 빠져나오기 어렵고 주변의 도움이 절실하다는 생각이 들었습니다. 치료를 꾸준히 받는 것 자체도 큰 힘이 드는 일이고, 옆에서 돕지 않으면 자포자기하게 돼 나을 수 있는 사람도 낫지 못하고 죽을 생각까지 하게 된다는 것을 알 수 있었습니다.

논문과 책을 수도 없이 봐도 죄다 뜬구름 잡는 이야기 같았는데 실제 환자들 이야기를 보니 희망이 보였습니다. 아직 해볼 수 있는 것들이 많이 있다는 생각에 '병원에 다니길 잘했다.', '언젠가는 우리 부부도 저렇게 나았다고 수기를 쓸 수 있으면 좋겠다.'라는 마음이 생겼습니다.

4장

보호자의 불안한 마음 다스리기

환자가 주변에 민폐를 끼친다고 느끼게 되면
'나 하나만 참으면 된다.'라는 생각에 버티며
병을 키우게 됩니다.

04

보호자의 불안한 마음 다스리기

사람이라면 누구나 불확실한 미래에 대한 걱정과 불안을 가지고 있게 마련입니다. 그런데 우울증에 더해지는 불안감은 특별한 이유 없이 발생하고 쉽게 사라지지 않으며 가슴이 두근대고 숨쉬기 어려워지는 등 신체적 증상을 동반하는 특징이 있습니다. 예고 없이 찾아오는 불안감을 몇 번 경험하고 나면 녹초가 돼서 온몸이 식은땀으로 푹 젖고 어지러워서 정신이 하나도 없는 상태가 됩니다. 불안 정도가 심해서 일상생활에 지장이 있을 정도가 되면 병원에서는 불안장애로 진단하고 약을 주는데 이렇게 되면 내가 큰 병에 걸렸구나 싶어서 불안감이 더 심해집니다.

불안장애는 공황장애로 발전할 수 있는데 느닷없이 공황발작

(Panic Attack)이 와서 숨이 막히며 심장이 멈출 것 같고 신체가 저리며 마비되는 느낌이 듭니다. 사람마다 다르지만 심한 경우에는 패닉의 지속 시간이 20~30분씩 이어지기도 합니다. 이런 무서운 공황을 한번 겪으면 언제 또 공황이 찾아올지 몰라 불안감이 더해지고 엘리베이터를 타지 못하거나 운전을 하지 못하게 되는데 이런 것을 '예기 불안'이라고 합니다. 심할 경우, 아예 집 밖에 나가지 못해 그 피해가 심각합니다.

우울증과 불안장애는 정확한 선후관계가 밝혀져 있지 않고 비슷한 시기에 발생해서 공존하는 경우가 많습니다. 처음 병원에 갔을 때는 우울증 혹은 불안장애만 진단받는 경우가 많아 치료가 계속되면서 두 가지 진단을 함께 받으면 환자는 사뭇 놀랄 수밖에 없습니다. 병이 깊어져서 그런 것이라기 보다 치료 과정에서 경과를 지켜보며 명확한 진단을 받은 것에 가깝지만 환자 입장에서는 이런 생각을 할 여유가 없습니다.

우울증 하나만으로도 힘든데 불안증, 공황장애까지 더해지니 죽을 맛입니다. 항우울제만 꾸준히 먹으면 금방 나을 줄 알았는데 공황을 겪으며 몸까지 이상해졌다는 생각에 겁이 덜컥 나고, 숨을 못 쉬고 가슴이 쿵쾅거리는 걸 생각하니 심장에 무슨 이상이 생긴 게 아닌지 걱정돼서 하루하루가 지옥 같아집니다. 병원에 가도 항불안제와 항우울제가 처방될 뿐 특별한 치료는 없어 약은 점점 늘어가는데 과연 나을 수 있을까, 내가 이상한 사람이 된 것은 아닐까, TV에 나오는 실성한 사람처럼 변해버리는 것은 아닐까 걱정만 늘어 갑니다.

심한 경우에는 항우울제를 먹고 기분이 나아진 것조차 걱정거리가 됩니다. 약을 먹어서 우울감이 덜하고 기분이 달라진다면 '지금 내가 나아지긴 했지만 약으로 만들어진 가짜 감정이다. 평생 약으로 만든 기분으로 살아가야 한다면 껍데기뿐인 인생에 무슨 의미가 있을까?'라고 생각합니다.

이럴 때 배우자가 세심하게 마음을 헤아려서 적시에 힘이 되는 조언을 해줄 수 있다면 큰 도움이 됩니다. 실제로는 우울증에 걸린 상태 자체가 감정이나 기분이 제대로 제어되지 않는 병적인 상태이고, 항우울제를 먹어서 회복되면 원래 감정을 되찾게 되는 것이라는 점을 설명해 주고, 그것이 환자 본인의 '진짜 감정'이지 항우울제로 만들어진 가짜 감정이 아니라고 알려줘야 합니다. 먹어서 없던 행복감이 느껴진다든가, 기분이 좋아지는 것이 아니라 저하돼 있던 뇌기능이 되살아나는 것이니 걱정하지 말라고 말해주는 것입니다. 실제로 나눈 이야기를 몇 가지 소개하면 아래와 같습니다.

01. "약을 먹으면 기분이 좋아지는데 이게 나아진 게 맞을까?"

환자의 불안요인 → '약을 먹고 기분이 나아지면 결국 약으로 만든 가짜 감정이 아닐까? 진짜 내 감정이 사라져버린 게 아닐

까?'

대응 논리 우울증은 뇌의 신경전달물질이 제 기능을 하지 못하는 병이라 평범한 감정을 느끼지 못하게 되고 불안, 공포가 증폭되는 것이 대표적인 증상이며 약물 치료로 본래 느껴야 할 감정을 되찾게 된 것이라고 설명합니다. 세로토닌 같은 필수적인 물질이 부족해진 것을 조절해 주는 약이지 몸 안에 새로운 물질이 투여되는 것은 아니니 안심해도 된다고 이야기합니다.

02. "약을 평생 먹어야 되는 것은 아닐까?"

환자의 불안요인 → '약을 오래 먹으면 중독될 수 있고 오래 먹다 보면 효과가 떨어져서 병이 깊어지는 게 아닐까?'

대응 논리 항우울제는 중독성이나 부작용이 매우 적은 약이라 평생 먹어도 안전하며 오히려 인지 기능에 도움이 되는 순작용이 있음을 설명합니다. 약의 도움을 받아서 회복을 꾀하는 것이지 평생 먹어야 하는 것은 아니고 치료 경과에 따라서 뇌기능이 회복되면 약이 필요 없어질 수도 있으므로 치료에 집중하자고 이야기합니다.

03. "약의 양이 점점 늘어나는 것 같아."

환자의 불안요인 → '남들보다 약을 많이 먹는 것 같아 걱정이야. 이 약이 나에게 맞는 걸까?'

대응 논리 항우울제 치료로 효과를 보려면 충분한 용량으로 처방하는 것이 중요하고, 효과가 충분히 나타날 때까지 용량을 늘리는 것이 자연스러운 치료 과정이라고 설명합니다. 특히, 치료 초기라면 약의 용량을 점진적으로 증량하는 것에 익숙하지 않을 수 있는데 환자의 나이와 체중 등 건강 상태에 따라 증량 정도가 다르니 남들과 비교해 걱정할 필요가 없다고 이야기합니다.

공황장애에 대해서도 알아 둬야 할 것이 있습니다. 다행스럽게도 공황장애로는 절대 죽지 않는다는 것입니다. 목이 졸리고 숨을 못 쉴 것 같은 상태가 지속돼 혹시 산소 공급이 차단되는 것이 아닌가 걱정하게 되지만 우리 몸의 기도는 각종 연골로 둘러싸여져 있어 심리적인 이유로는 절대 막히지 않습니다. 마치 파이프 배관처럼 단단한 형태를 유지해 공황으로 실제 산소 부족이 발생할 수가 없습니다. 심장도 마찬가지여서 심장질환이 있지 않은 이상 공황장애로 심장이 멈추는 일은 없습니다.

공황장애로 사람이 죽지 않는다는 점, 아니 죽을 수 없다는 점을 깨달으면 공황에 대한 공포와 불안이 감소해 증세가 개선될 수 있습니다. 보호자가 평소 쌓아 둔 신뢰를 바탕으로 환자에게 이러한 정보를 제공하고 확신을 갖게 할 수 있다면 환자 역시 호흡법 연습 등 공황을 이겨낼 준비를 할 수 있게 됩니다.

배우자와 가족이 고민하면 안 되는 이유

불안장애와 공황발작으로 죽지 않는다고는 해도 매번 이렇게 숨을 못 쉬고 죽을 것 같은 극도의 두려움을 느끼는 것이 과연 정상인지 걱정이 될 수밖에 없습니다. '내가 미쳐가는 것은 아닐까? 회복될 수 있을까?'하는 불안감이 더해지고 언제 다시 공황이 올지 몰라 겁이 나서 매 순간이 두렵고 초조해서 견딜 수 없습니다. 혹시라도 사람이 많은 곳에서 공황이 오면 어쩌나 하는 생각에 다른 사람 눈을 피해 집에만 틀어박히게 됩니다.

이럴 때일수록 바로 곁에서 생활하는 배우자나 가족이 힘이 돼 줘야 합니다. 이상하게 보일지도 모른다는 생각에 자세히 말도 못 하고 끙끙 앓고 있는 사람에게 먼저 불안장애와 공황장애의 특징을 설명해 주고 이 병으로는 절대 죽지 않는다는 사실을 알려줘야 합니다. 생각보다 흔하고, 치료 효과가 상당히 좋은 병이라는 것도 알려줘야 합니다. 나아질 수 있고 절대 미친 사람이 되는 것이 아니니 걱정을 계속하기보다 낫기 위해 노력할 수 있게 도와야 합니다. 그러려면 같이 심장내과도 다녀오고 신경정신과 진료도 예약하고 심호흡 방법도 같이 연습하자고 권해야 합니다. 이렇게 하면 병과 혼자 싸우는 게 아니라 가족과 주변인의 지지와 도움을 받을 수 있다는 생각에 덜 불안하고, 호흡법을 연습하면서 숨 가쁜 상태에 익숙해지면 공황이 와도 견딜 무기를 가질 수 있어 걱정이 줄어들게 됩니다.

평상시에 천천히 호흡하는 법을 연습해두면 도움이 되는데, 공황발작이 일어나면 필시 과호흡이 동반됩니다. 자율신경계 이상으로 호흡을 관장하는 교감신경계가 흥분 상태에 빠진 것인데, 호흡이 가빠져서 이산화탄소를 과하게 배출하면 혈액이 알칼리화되고 전해질 이상이 발생해 전신이 저리고 손발이 마비되는 등 다양한 증상이 발생합니다. 이때 심호흡으로 호흡 횟수를 늦추면 이산화탄소 배출량이 줄어들어서 공황상태에서 벗어나는 데 도움이 됩니다.

<공황발작이 발생했을 때 도움이 되는 호흡법>

1. 코로 5초 정도 천천히 숨을 들이마신다.
2. 숨을 들이마신 채로 2~3초 정도 숨을 참는다.
3. 입으로 다시 5~7초 정도 천천히 숨을 내쉰다.
4. 1-3번을 8회가량 반복하며 안정되기를 기다린다.
5. 타이밍을 유지하기 어려울 경우 숨을 쉬는 동안 속으로 1초마다 숫자를 센다.
6. 어지러움이 심하면 바닥에 편하게 누워서 눈을 감고 온몸에 힘을 빼서 긴장을 푼다.
7. 숨을 오래 참는 것이 힘들면 적당히 가감하고 점점 늘리는

연습을 한다.

호흡법을 익히는 것도 중요하지만 무엇보다 중요한 것은 배우자가 절대적인 지지를 보내는 것입니다. 설령 병이 깊어져도 '나는 우리 남편, 아내에게 언제든 도움을 요청할 수 있어서 항상 든든하다.'라는 생각을 가지고 있으면 불안 자체가 줄어들어 공황발작 빈도도 낮아지고 치료 효과도 상승합니다. 그렇게 하려면 배우자 스스로 먼저 공황과 불안은 나아질 수 있다는 믿음이 있어야 하는데, 우울증과 불안장애를 겪는 사람은 부정적인 생각이나 시선을 민감하게 느끼기 때문입니다.

옆에서 주저하는 모습을 보이거나 어떻게 해야 할지 몰라 고민하면 배우자에게 폐를 끼친다는 생각에 도움 요청을 꺼리게 됩니다. 공황으로 죽거나 미치지 않는다는 것을 알아도 배우자가 나 때문에 힘들어해서 날 싫어하고 이상하게 생각하면 무슨 의미가 있겠습니까? 환자가 주변에 민폐를 끼친다고 느끼게 되면 '나 하나만 참으면 된다.'라는 생각에 버티며 병을 키우게 됩니다.

어떻게 보면 말이 안 되는 얘기지만 매사 판단에 고민을 버리고 병과 싸우는 걸 즐겨야 합니다. 스스로 좋아서 하는 일이라는 것을 보여줘야 합니다. 예를 들어, 제가 우울증 공부한다고 밤을 새우면 아내는 잠을 못 자서 건강이 나빠질 것을 걱정합니다. 부부 한 명만 아프면 괜찮은데, 남은 한 사람마저 아프면 아이들은 어떻게 할지 노심초사해 합니다. 이럴 때는 걱정하지 말라고 해도 소용없고 건강해진 모습을 보여주는 것이 제일 좋습니다. 피곤하지 않냐고 물어보기 전에 식이 조절하고 영양제 먹어가며 근력 운동해서 근육질 몸매를 보여주는 것입니다. 병원에 가서 혈액 검사를 해서 좋아진 수치를 보여주면 더욱 좋습니다.

다른 예로 우울증 공부한다고 들어가는 책값과 치료비를 걱정할 수 있습니다. 병으로 인한 부정적인 생각이라 괜한 걱정 한다고 생각하지 말고 돈을 더 벌어서 저축이 늘어나는 것을 보여주는 것이 좋습니다. 좋아진 몸과 늘어난 잔고처럼 직접 눈으로 볼 수 있어야 돈 걱정, 건강 걱정이 괜한 걱정이었다고 생각할 수 있습니다. 돈을 더 버는 것은 말처럼 쉬운 일은 아니지만 저는 재테크나 평소에 거절하던 강연 등을 하면서 아내에게 추가 수입을 가져다주면 굉장히 좋아했습니다.

나도 우울증에 걸린 건 아닐까?

아내가 우울증 진단을 받았던 초기에 있었던 일입니다. 증세를 보이고 바로 병원에 갔지만 한 달, 두 달, 석 달이 지나도록 차도가 없어서 불안해 진료를 보러 갈 때는 답답해서 꼭 같이 들어가서 이것저것 물어봤습니다.

기다렸던 진료지만 5분도 안 되는 시간에 몇 마디 나누면 바로 끝나는데 "이번에 처방한 약은 어땠습니까? 몸 상태가 어때요?" 등 간단한 질문에 대답하고 "이번에는 ○○약, ○○약을 줄 테니 먹어보고 효과가 있는지 봅시다."하는 식이었습니다. 치료를 받아도 차도가 없고 심해지기만 하는데 이 조그만 알약 몇 개 받고 또 몇 주를 버텨야 한다는 게 너무 힘들고 허망해서 눈물이 날 것 같았습니다.

어느 날 진료실 앞에서 대기하는데 참으려고 해도 자꾸 눈물이 나서 '혹시 나도 우울증이 아닐까? 나까지 걸리면 아내도 건사 못하고 큰일인데.'하는 생각에 가슴이 철렁했습니다. 다시 병원을 찾아 우울증 검사를 받고 싶다고 했습니다. 말이 끝나자마자 의사가 대답했습니다.

"남편분은 생각하는 거랑 말씀하는 거 보면 우울증 아닙니다."

그 말에 '아무리 의사지만 몇 번 봤다고 검사도 없이 속단하는 거지?'라는 생각에 억울한 마음이 들었습니다. 그래서 "테스트 같은 것이 있지 않나요? 한번 받아보고 싶습니다. 혹시 저도 걸렸으면 지금이라도 약을 먹어야지 안 그러면 아내를 보살필 수가 없어요."라고 우겨서 진단 테스트를 받기로 했습니다.

테스트를 받아보니 수능 시험지처럼 여러 장으로 된 문제지에 문항이 빼곡하게 적혀 있는데 주의사항으로 고민하지 말고 떠오르는 답을 즉시 적으라고 돼있었습니다. 비슷한 문항이 반복됐는데 아마도 가짜 환자를 가려내기 위한 장치 같았습니다.

계속 반복되는 문항을 보며 답을 적는데 대답이 자꾸 우울한 느낌으로 흘러 내가 정말 우울증인 걸까 걱정이 들 때쯤 작성을 마쳤습니다.

결과에 대해 의사 선생님이 "말씀드렸지만 남편분은 절대 우울증이 아니에요."라고 말하며 웃는 겁니다. 그래서 제가 "우울증 점수가 낮게 나왔나요?"하고 물으니, 저를 보면서 "그것도 그렇지만 저희 병원에 방문한 환자 중에 남편분처럼 이렇게 많은 문항의 답을 빠르고 정확하게 적어서 낸 사람이 없어요(웃음)."라고 말했습니다.

우울증 점수 같은 것을 가지고 이야기할 줄 알았는데 그게 아니고 테스트를 너무 빨리 풀어서 환자 같지 않다는 얘기였습니다. 의외의 근거라 당황스러웠지만 우울증은 무기력증을 동반하니까 환자라면 빨리 풀지 못했을 수도 있겠다는 생각이 들었습니다. 그래도 이렇게 안심해도 되는 걸까 싶어서 멍하니 의사 선생님을 쳐다보는데 추가 설명이 이어졌습니다.

"제가 진료 오래 해서 알아요. 남편 같은 분이 곁에 있으면 부인은 꼭 회복하실 거예요. 시간이 좀 걸린다 뿐이지. 걱정하지 마시고 마음을 굳게 먹으세요."

이렇게 얘기하는데 평소 5분 진료할 때와는 다른 진심이 느껴졌습니다. 처음엔 병도 못 고치는 의사가 하는 말을 어떻게 믿나 했는데 집에 도착할 때 즈음 생각이 정리됐습니다.

'우울증은 쉬운 병이 아니고 짧은 진료로는 의사도 병의 상태를 알 수가 없다는 말이구나. 그렇다면 항상 같이 있는 내가 옆에서 아내 상태를 살피고 건강하게 만들어야 된다는 얘기다. 그 의사 말대로 내가 정말 환자 같지 않은 사람이라면 나야말로 아내를 낫게 할 수 있다.'

이후에도 여러 번 흔들릴 때가 있었는데, 그럴 때마다 이날 들었던 이야기를 생각하며 '나는 한눈에 봐도 우울증 아니래.'라는 생각으로 견딜 수 있었습니다. 저 같은 사람이 도우면 아내가 나을 거라는 얘기를 들은 것도 큰 위로가 돼서 힘들 때 떠올리면 잠시 동안 우울증에 면역이 생긴 것 같은 기분이었습니다. 나도 우울증 오겠다 싶은 생각이 스멀스멀 피어오르면, 그날 검사받았던 기억을 떠올리며 다짐했습니다.

'앞으로 아내가 차도가 없으면 나도 언젠가는 우울증에 걸릴지도 모른다. 그러면 같이 약도 먹고 어떤 약이 좋은지 내가 알려줄 수 있으니 오히려 좋은 것 아닐까?'

지금 생각해 보면 저는 그날 병원에 다녀와서 고비를 넘겼는지도 모르겠습니다. '마음을 굳게 먹고 계속 치료하면 꼭 나을 거다.'라는 이 생각이 여러 번 저를 살렸다고 생각합니다. 사람을 죽이고 살리는 게 별다른 게 아니라 말 한마디라는 걸 느꼈던 대목입니다.

절망에서 벗어나 감정을 추스르는 방법

항우울제 위주의 병원 치료가 다소 효과를 내는 것 같아 보였지만 이후 오랫동안 진전이 없었고, 심할 땐 응급실 신세를 져야 했습니다. 우울증 급성기에 잠을 며칠 못 잔 상황에서 공황발작이 더해지면 견딜 수 없을 정도로 숨이 막히고 손발이 말려드는 식으로 마비가 오는데, 응급실에 가도 특별히 받을 수 있는 조치는 없었지만 수액을 맞거나 격리실에서 안정을 취하면 상태가 조금 나아졌습니다.

이렇게 응급실에 다녀올 때마다 아내의 상태는 최악이 돼서 다음에 또 이러면 어쩌나 하는 공포에서 헤어 나오지 못했습니다. 삶을 포기하고 싶은 사람처럼 눈물을 흘리고 안 좋은 생각이 계속 든다고 하는데, 제가 할 수 있는 것이 없어 손을 붙잡고 "애들 예쁜데 같이 크는 거 봐야지."하고 부탁하듯 얘기할 뿐이었습니다.

심할 때는 만사 포기하고 주저앉아 엉엉 울고 싶은 심정이었지만, 제일 힘든 건 환자인 아내인데 저까지 옆에서 흔들리면 안 된다는 생각이 들었습니다. 어떻게 하면 절망에 빠지지 않고 감정을 추스르고 정신을 차릴 수 있을까 하는 고민에 여러 시도를 했는데 그중 성공적인 것들을 정리하면 다음과 같습니다.

1. 행복했던 순간 떠올리기
2. 나는 혼자가 아니다
3. 고민은 30초만 하기
4. 걷고 달리기
5. '어떻게 해냈을까?'로 생각 바꾸기

1) 행복했던 순간 떠올리기

힘들고 괴로울 때 행복했던 순간을 떠올리면 괴로운 것도 잊고 힘을 낼 수 있을 거라 생각했는데, 막상 해보려니 말처럼 쉽지 않았습니다. 살면서 언제 행복했는지 기억도 잘 안 나고 무엇이 행복인지 구체적이지도 않았습니다. 학창 시절 생각하면 불우했던 가정 환경이 기억나고, 대학 시절을 생각하면 돈 없어서 굶은 것이 떠오르는 등 안 좋은 기억만 잔뜩 생각났습니다. 돈을 벌어서 아내와 연애하고 맛있는 음식 먹었던 것 같이 단편적인 추억은 있었지만 소소한 행복감이어서 한 치 앞도 모르는 상황에 떠올릴 정도로 강력한 이미지는 아니었습니다.

그러다 어느 날 아침에 큰 애를 흔들어서 깨우는데 태어날 때 탯줄을 자르던 순간이 퍼뜩 떠올랐습니다. 긴 진통 끝에 아이를 받아 들고 탯줄을 자르던 순간 느꼈던 기쁨, 고생한 아내를 보며 느꼈던 안도감, 아빠로서 느꼈던 책임감 같은 것들이 동시다발적으로 떠오르는데, 그때만 생각하면 뭐든 헤쳐나갈 수 있을 것 같은 기분이 들었습니다.

이후 힘들고 괴로운 일이 있으면 아이들 태어날 때를 생각하면서 마음을 단단히 먹고 정신을 차릴 수 있었습니다. 단순히 즐겁고 좋았던 기억이 아니라 부모로서, 남편으로서 존재 가치를 느낄 수 있었던 기억이라 강렬하게 작용했던 것 같습니다.

점점 마음을 다스릴 수 있게 되면서 안 좋은 기억이 많았던 과거에 대한 생각도 바뀌었습니다. 이를테면 어렸을 적에 돈이 없어서 빈곤하게 살았던 것은 자립심과 문제 해결력을 높여 줬다고 생각하게 됐고, 어린 나이에 집 떠나 배곯으며 대학 다닌 것도 고생이 아니라 일찍부터 스스로 선택하고 책임지는 자랑스러운 모습이었다고 긍정적으로 바라보게 됐습니다. 불우했던 가정 환경 같은 생각도 점차 옅어지고 '부모님이 어려운 환경에서도 나를 잘 키워주셨다.', '나도 아이들에게 멋진 아빠가 될 거야.' 같은 식으로 '나'라는 사람에 대한 건강하고 긍정적인 시선을 갖게 됐습니다.

2) 나는 혼자가 아니다

'나는 혼자다.', '내가 이렇게 힘들고 괴로운지 나 말고 아무도 모른다.'

괴로운 생각이 떠오르면 이렇게 외톨이가 된 것 같은 느낌이

들 때가 많았습니다. 마음을 다잡고자 심리학이나 철학 서적을 여러 권 읽었는데 그중에는 부처님 말씀을 기록한 금강경을 인용하는 책이 여러 권 있었습니다. 내용이 어렵고 책마다 인용하는 부분이 달라서 여러 해설서를 탐독했는데 핵심 사상을 알고 나니 마음에 울림이 있었습니다. 곁에 두고 힘들 때마다 들여다보며 마음을 다잡았는데 이후 제 삶에 든든한 버팀목이 되어 주었습니다.

금강경의 핵심 사상은 '무아(無我)'와 '연기(緣起)'라고 할 수 있는데, 세상 만물은 변화무쌍하고 서로 연결돼 있으며 정해진 것이 없으니 집착과 욕심에서 벗어나 깨달음의 길을 걸으라는 것입니다. 처음엔 어려운 내용인 것 같았지만 곱씹어 보니 제 얘기를 하는 것 같았습니다.

'어쩌다 아내가 이런 몹쓸 병에 걸렸을까?', '우리 부부가 왜 이런 형벌을 받아야 하지?' 이런 생각에 늘 고통스러웠는데 "나와 세상을 구분 짓지 말라."라는 구절을 여러 번 읽으니 지금 느끼는 외로움과 고통은 '나'라는 입장에서 생각해서 그런 것일 뿐, 실제로는 병과 싸우며 주변과 세상에서 도움을 많이 받았고 우리 부부 역시 얼마든지 세상에 도움을 주고 보답할 수 있다는 생각을 하게 됐습니다.

평소 까맣게 잊고 있었던 일들도 생각나서 고마운 마음이 들었는데, 이를테면 병원에 가 있는 동안 애들 주라며 이웃에서 먹을 것을 보내준 일, 병원에서 좋아진 것 같다며 고마운 말을 해준 직원분들, 크게 보면 나라에서도 의사를 양성하고 각종 제도나 보험을 운영해서 우리 식구나 여러 환자들이 덕을 본다는 생각이 들었습니다.

혼자 고군분투하고 있는 것이 아니라 '온 세상과 함께 우울증을 물리치고 있다.'라는 생각을 하니까 힘들 때마다 기운을 차릴 수 있었습니다. 아내 우울증에 대해서도 더 넓은 시야로 바라볼 수 있게 됐습니다. 세상에는 우리 부부 외에도 우울증 환자와 그 가족 등 힘든 사람이 수없이 많을 거라는 생각이 들어 조금이라도 증세에 호전이 있으면 그 내용을 인터넷 커뮤니티에 올리곤 했습니다. 우울증에 걸린 사람들이 어찌나 많은지 수많은 사람들이 글을 보고 도움이 됐다고 고맙다는 말을 했습니다.

지금 당장은 죽을 만큼 괴로워도 그 경험이 다른 이에게 도움이 된다는 생각을 하니까 마음이 평온해졌습니다. 어느 날은 우울증을 예방할 수 있는 방법을 적어서 올렸는데 수백 개의 댓글과 쪽지로 고맙다는 피드백을 받기도 했습니다. '나'의 괴로움만 따지던 것에서 벗어나 다른 사람을 돕고 함께 병과 싸운다는 생각이 고립감과 괴로움을 완화시키는 효과를 낸 것입니다.

3) 고민은 30초 이하로

우울증 진단이 나올 정도로 상태가 악화되면 평상시에도 온갖 부정적인 생각을 하게 됩니다. 뉴스에서 북한이 미사일 개발을 한다는 소식을 들으면 당장이라도 전쟁이 날 것 같은 걱정에 잠을 잘 수가 없습니다. 두통이 오면 머리에 악성종양이 생긴 건 아닐까 하는 생각이 들고, 다리가 저리면 디스크가 터진 게 아닌가, 이러다 큰 수술을 해야 하는 거 아닌가 같은 공포감에 사로잡힙니다. 이처럼 사소한 일에도 고민을 하니 속도 편하지 않고 겉으로도 안절부절못한 티가 납니다.

아내가 온갖 고민에 휩싸여 있으니까 옆에서 지켜보는 저도 걱정이 잔뜩이었습니다. 세상에 문제가 어찌나 많은지, 둘이서 걱정거리를 주고받으며 하루 종일 고민만 했습니다. 그런데 어느 날 문득 생각해 보니 그렇게 고민한 문제들이 실제로 현실화되는 경우가 많지 않았습니다. 북한은 전쟁을 일으키지 않았고, 디스크일까 걱정했던 다리 저림은 다음날 없어졌고, 두통은 감기 때문이었습니다.

큰 맘먹고 고민을 길게 하지 않기로 했습니다. 5분 생각해 보고 답이 안 나오는 일은 과감하게 고민을 멈추고, 어떻게 할지에 집중해서 사안이 중대하든 사소하든 대응 방법을 한 가지 만들고 그 방법을 잘 실행할 수 있게 준비했습니다. '중요한 문제를 이렇게 쉽게 생각해도 되는 걸까?'하는 걱정이 들었지만 막상 해보니 괜한 고민이 맞았습니다.

걱정을 줄인 만큼 대응이 빨라졌고, 고민하느라 지체하지 않으니 생각에 여유가 생겼습니다. 장고 끝에 악수 둔다고 대응 방법을 가지고 이러쿵저러쿵하는 것보다 직관에 의지하는 것이 효과도 좋았습니다. 익숙해지니까 나중에는 30초 이상 고민하는 일이 거의 없게 됐습니다. 정확히는 고민을 안 하게 된 것이 아니라 의식적으로 고민을 멈추는 훈련이 됐습니다.

짧게 고민하고 행동하니 사고방식이 유연해지고 상황이 유리하게 바뀌어 결과가 좋아지는 경우가 많았습니다. 예를 들어, 아내가 약 먹는 것을 자주 깜빡해서 걱정이 됐는데 잠시 고민하다가 당시 막 출시한 미국 회사의 자동 알약 디스펜서를 구입했습니다. 복용을 깜빡하는 문제가 해결된 것은 물론이고, 약이 얼마 남지 않았을 때 미리 알람으로 알 수 있어 제때 처방을 받을 수 있게 됐습니다.

이 디스펜서 기계는 커피 머신처럼 생긴 외형에 10가지 약통이 내장돼 있어 지정된 날짜와 시간이 되면 내부에 넣어둔 알약이 컵에 담겨 나왔습니다. 당시 아내가 복용하던 삼환계 항우울제는 아침에 한 번, 저녁에 한 번씩 먹어야 했는데 정신없이 하루를 보내다 보면 저녁 약을 깜빡하기 일쑤였습니다. 기계 안에 약을 채워 넣고 스마트폰 앱을 이용해서 약의 성분과 용량, 복용 시간을 세팅하니까 시간에 맞춰서 자동으로 약이 배출되고 일정 시간 동안 먹지 않으면 휴대폰에 문자로 경고 메시지가 날아와 약을 빼먹는 일이 없어졌습니다. 최대 10가지 약을 투입할 수 있어서 남은 공간에는 불면증 약이나 영양제를 지정된 시간에 나오도록 했습니다.

디스펜서 기계 구입 비용이 부담됐는데 결론적으로 걱정할 필요가 없었습니다. 사용하면서 발견한 문제점에 대해 개선 방안을 찾아서 개발 업체에 리포트했더니 고맙다며 새 기기를 한 대를 공짜로 보내줘 기기 자체를 무료로 사용한 셈이 됐습니다. 디스펜서 효과에 대해 인터넷 커뮤니티에 자세한 소개 글을 올렸더니 그것을 보고 컨설팅 업체와 리서치 기업에서 유료 인터뷰 제의를 해와서 따지고 보면 오히려 돈을 벌었습니다. 막연한 고민을 줄이고 어떻게 행동할지 결정하는 데에 집중하다 보니 미래에 대한 두려움도 적어지고 현재를 충실하게 살 수 있게 됐습니다.

4) 걷고 달리기

저는 어려서부터 운동을 싫어했습니다. 병약하게 태어나기도 했지만 워낙 컴퓨터나 전자기기를 좋아해서 집에만 틀어박혀 있었고 몸에 근육이라곤 하나도 없었습니다. 자라면서 운동 부족은 더 심해져서 밖에 나가 10분만 걸어도 지쳐서 어디 앉을 데 없나 두리번거리기 일쑤였습니다. 걷는 것도 싫은데 뛰는 건 그야말로 엄두도 안 나는 일이어서 전력으로 달리기해본 것이 언제인지 기억도 나지 않을 정도로 운동이 질색인 사람이었습니다.

아내도 우울증에 걸리기까지 운동다운 운동을 해본 적이 없었는데, 병원에서 운동을 권해도 어떻게 해야 할지 몰랐습니다. 뭐라도 해야겠다 싶은 마음에 집 근처 산책을 해봤지만 아내는 우울증이 심해서 누워만 있다 보니 산책도 할 수 없었습니다. 여러 책에서는 걷기부터 하라고 하는데 시작부터 막히는 형국에 당황했습니다.

고민 끝에 홈트레이닝 장비를 사서 집에서 운동을 하기로 했습니다. 의자처럼 생긴 스쿼트 보조 기구와 걷기 전용 워킹 패드를 구입해서 제가 먼저 운동을 시작했습니다. 스쿼트 기구는 크게 효과를 보지 못했지만 워킹 패드는 달랐습니다. 30분 정도를 시속 5~6km 속도로 걸으면 땀이 좀 흐를 정도여서 이거라면 크게 힘들지 않아 아내도 할 수 있겠다는 생각이 들었습니다.

한 달 정도 매일 워킹 패드 위에서 걷기 시작하니까 갈수록 체력이 좋아지고 행복감이 생기는 것을 느꼈습니다. 안 하던 운동을 해서 그런지, 땀을 흘려서 그런지, 고민도 잊히고 기분이 아주 상쾌해져서 걱정거리가 있어도 걷고 나면 해결 방법이 생각났습니다. 이때부터는 시도 때도 없이 운동기구에 올라가서 걷고 또 뛰었습니다.

그냥 걷는 것도 좋았지만 경사를 높이 올려서 걸으면 심장이 쿵쾅대면서 더 극적인 효과가 나타났습니다. 1시간 정도 지속하면 부정적인 생각이 싹 없어지고 뭐든지 할 수 있을 것만 같은 생각으로 가득 찼습니다. 긍정적인 효과가 있을 거라는 생각은 했지만 이 정도일 줄은 몰랐기 때문에 더 열심히 했고 옆에서 지켜보던 아내도 제가 좋아지는 것을 보고는 기운을 내서 조금씩 걷기 시작했습니다.

집에서 걷기 운동을 하니까 비나 더위, 추위 등 바깥 환경에 영향을 받지 않고 언제든지 걸어서 체력도 키우고 몸도 좋아져서 사고방식까지 긍정적으로 바뀌는 느낌이었습니다.

하루는 밖에서 노는 아이들을 마주쳤는데 뛸 때 웃지 않는 아이가 없었습니다. 얼마나 재밌길래 저렇게 좋아할까 생각도 들고 매일 걷는 것에 익숙해지기도 해서, 컨디션을 봐 가면서 하루 1~2km씩 뛰기 시작했는데 정말 즐거워서 마치 어린 시절로 돌아간 것 같았습니다.

햇볕 좋은 날 밖에 나가서 뛰기 시작하면 자연스레 콧노래가 나오고 발바닥으로 흙을 차 낼 때마다 꽃 냄새나 풀 냄새가 전해져서 더 즐거웠습니다. 그렇게 걷고 뛰어서 체력이 생기니까 정신적으로 힘든 일이 있어도 끙끙대지 않게 됐고 걸으면 걸을수록 생각이 정리돼 어떤 어려운 일이 있어도 당황하지 않게 됐습니다. 그 후로도 좌절할 정도로 큰일이 여러 번 있었지만 나가서 땀으로 범벅이 될 때까지 한참을 뛰면 어지러운 마음을 진정시킬 수 있었습니다.

5) '어떻게 하지?'가 아니라 '어떻게 해냈을까?'로 생각 바꾸기

중증 우울증은 좀처럼 쉽게 낫지 않는 병이라는 것을 알게 되니 항우울제만 믿고 있을 게 아니라 여러 방법을 찾아서 시도해야겠다는 생각이 들었습니다. 건강식, 영양제, 운동, 수면환경 개선 등등 여러 방안을 강구해 봤는데 아마도 어지간한 방법들은 시도해도 실패할 가능성이 높고, 성공 사례는 극소수에 불과할 거라는 각오를 해야 했습니다. 내가 엄청난 끈기를 가진 사람도, 초인도 아닌데 이런저런 시도를 오랜 시간 하고 그중 상당수가 실패한다면 좌절하고 중도 포기할지도 모른다는 걱정이 들었습니다.

뭔가를 시도해 보기도 전에 실패할 생각이 드니 엄두가 안 나서 아예 생각 자체를 바꾸기로 했습니다. 기존에는 '우울증이 나으려면 무엇을 해야 할까?'라는 식으로 어려운 문제를 다루는 것처럼 생각했다면 '아내 우울증이 나았는데 무엇을 해서 나은 걸까?'로 먼저 문제를 해결한 것으로 가정했습니다. 언뜻 생각하면 비슷해 보이지만 전자는 실패할지 몰라 두려움이 앞서고, 후자는 이미 문제를 해결했다고 생각하니 안심이 되고 긍정적인 시선을 갖는 차이가 있습니다. '내가 어떻게 해서 그 문제를 해결했을까? 정말 대단한데.'라고 생각하니 호기심과 궁금증이 생겨서 마치 탐정놀이하듯 접근할 수 있었습니다. 즐기면서 새로운 시도를 할 수 있으니 최선의 방법을 찾을 수 있게 되고 매사를 대하는 마음가짐에 큰 차이가 생겼습니다.

처음에는 별거 아닌 것 같지만 계속하니 결과는 실로 놀라워서 새로운 일을 추진하는데 주저함이 없어지고 결정도 빨라졌습니다. 실패하는 일이 있더라도 '또 실패했구나.' 이렇게 좌절하는 것이 아니라 '이 방법이 아니라 다른 방법으로 성공했나 보다.'라며 마치 게임을 하는 것처럼 다시 생각하는 것입니다. 나중에는 업무에도 비슷한 방식을 적용했는데 같은 일을 해도 더 적은 에너지를 소모하고 감정적인 동요가 줄어 일도 재미있고 효과가 좋았습니다.

<기존 사고방식 예시>

01. 고민의 시작

ex) '우울증을 극복하려면 어떻게 해야 하지?'

02. 걱정·실패에 대한 두려움이 앞섬

ex) '운동을 해볼까? 해서 소용이 없으면 그때는 어떻게 하지?'

03. 뚜렷한 효과가 없으면 두려움이 강해짐

ex) '역시 이 방법은 아닌 것 같아.'

04. 쉽게 자포자기하며 부정적 피드백 루프에 빠짐

ex) '또 실패했다. 이제 어떻게 하지...'

05. 1~4번 무한 반복

<강화된 사고방식 예시>

01. 행복한 상상

ex) '아내가 우울증을 극복했다면, 과연 어떻게 성공했을까?'

02. 가설을 세우면 맞을지, 틀릴지 호기심이 생김

ex) '운동을 해서 엄청나게 좋아졌을 것 같은데? 영양제를 좋은 걸 먹었을 수도 있어.'

03. 효과가 없어도 다음 대책을 강구함

ex) '이 방법이 아니라 다른 방법이었나 보다!'

04. 쉽게 포기하지 않고 하나라도 성공하면 긍정적인 피드백 루프가 시작됨

ex) '내 생각이 맞았다!' 혹은 '다른 방법이 있다면 무엇인지 궁금하다.'

05. 다시 1번 상상으로 이어짐

하루를 관찰한 후 개선 방법 찾기

우울증을 극복하기 위해서는 항우울제 외에도 환경적인 변화가 뒤따라야 한다고 생각했는데, 그중 한 가지는 집안 환경을 편하게 바꾸는 것이었습니다. 우울증까지 올 정도로 정신적으로 약해져 있고 체력도 떨어져 있다 보니 종일 집에 있기 마련이라 일반 가정보다 훨씬 편안하고 안락하게 만들면 좋을 거라고 생각했습니다.

앞서 언급한 '어떻게 했을까?' 사고방식에 따라 '내가 과연 어떻게 집안을 안락하게 만들었을까?'라는 주제로 추리를 시작했는데 우선 아내와 저의 하루를 종일 관찰하고 불편한 점을 여러 가지 발견했다고 가정했습니다. 그래서 실제로 하루를 보내고 나면 바둑에서 복기하듯 시간대별로 어떤 일이 있었는지, 그중 불편함을 느꼈던 점은 무엇인지 기록했습니다. 그렇게 여러 문제점을 발견했는데 몇 가지 예를 들면 다음과 같습니다.

1. 아침에 일어나면 집안에 한기가 돈다.
2. 샤워를 할 때 욕실이 춥다.

3. 네 식구 아침 식사 준비가 번거롭고 오래 걸린다.
4. 우울증 약 먹는 것을 잊거나 약이 떨어진 걸 늦게 알게 돼 덜컥 겁이 난다.
5. 집안 청소를 해야 하는데 체력이 달려 힘들다.

오전 시간에만 이렇게 여러 가지를 찾아낼 수 있었는데, 일반적인 가정이라면 별것 아닐 수 있지만 우울증 환자에게는 하나하나 다 어려운 일들이었습니다. 춥고 더운 부분 역시 일반적인 사람들에게는 사소한 문제일 수 있지만 우울증 환자는 예민하게 느껴 철저히 보완했습니다. 침실에는 전기장판을 깔고 욕실에는 샤워 커튼을 설치해 온도 유지에 신경 썼고, 아침 식사 준비는 제가 대신할 수도 있지만, 그러면 마치 아내를 집안일도 할 수 없는 사람인 것처럼 만들 수 있어 간단한 메뉴로 바꿨습니다.

약을 제때 먹는 방법도 골칫거리였는데 자동 디스펜서를 구입해 복약 문제를 해결했습니다. 청소는 걸레질을 해주는 로봇청소기를 사고 편해졌지만 사람이 치우는 것에 비하면 모자랄 수밖에 없어 번쩍번쩍 깨끗하게 살겠다는 욕심은 버리고 어느 정도 타협하는 것이 필요했습니다. 기계마다 다르겠지만 로봇청소기 소음은 일반 진공청소기 소음과 비슷해 아내가 스트레스를 받을 것 같아 로봇청소기 흡입 성능을 낮춰서 소음을 줄이고 기기를 2대로 늘려서 전체 청소 시간을 절반으로 줄였습니다. 음식물 쓰레기를 버리러 가는 것은 미생물 처리 기기를 산 후 절반으로 줄일 수 있었습니다.

사소한 불편함일 수 있지만 하나씩 찾아내서 환경을 개선하니 살기도 편해지고 집에서 스트레스를 덜 받아 가족 모두에게 도움이 됐습니다. IoT 기기들을 활용해서 냉난방을 자동화하고 미세먼지가 심한 날은 공기청정기를 강하게 가동하는 등 건강을 위한 조치도 했는데 역시 집안 분위기가 상쾌해져서 만족스러웠습니다. 집에서 지내기 편해지니까 스트레스가 많이 줄어 긴장도 덜하게 돼 '집에 신경 쓰는 것보다 좋은 게 없구나.'라고 생각했던 기억이 납니다.

집이 어느 정도 정리되고 나서는 아내 컨디션을 봐 가며 외부 활동을 적극적으로 시도했습니다. 아내는 아프기 전에도 딱히 좋아하는 운동이 없어서 종종 산책만 하는 수준이었는데, 우울증이 심해지고는 아예 외출이 어려운 지경이라 활동량이 너무 적어 걱정이었습니다. 컨디션이 좋아지면 꼭 야외에서 운동을 해야지 이대로는 우울증이 낫지 않을 것 같다는 생각이 들었습니다. 갈만한 곳을 미리 찾아 아내 컨디션이 괜찮아 보이면 '너무 집에만 있으면 건강에도 좋지 않으니까 바람 쐬러 나가자.'라고 권해서 가까운 곳으로 나들이를 나갔습니다.

야외 활동을 조금씩 시도하던 어느 날, 물놀이 겸 바닷가로 나들이를 갔는데 가만히 지켜보니 아내가 기운이 없다가도 물에만 들어가면 즐거워하는 것이 보였습니다. 다녀와서 아내 얼굴에 생기가 도는 것 같아 수영을 한번 해보자고 이야기를 꺼냈습니다. 아내가 비용 때문에 주저하길래 그러면 같이 가서 부부 할인을 받자고 설득해 저까지 둘이 매일 수영을 다니기 시작했습니다.

아니나 다를까 아내는 수영 다니는 것을 굉장히 즐거워해서 주말까지 일주일 내내 수영장을 다닐 정도로 열심이었고 매일 꾸준히 하니까 건강도 좋아지고 기분도 나아져서 우울증 치료에 큰 도움이 됐습니다. 아침에 일어나면 같이 수영장 갈 준비를 하면서 사는 얘기도 하고, 서로 수영하는 걸 지켜봤다가 고칠 점이 있는지 얘기도 했습니다. 공통의 관심사가 생기니까 대화가 늘어 부부관계도 더 좋아져 다니길 정말 잘했다고 생각합니다.

물놀이 갔을 때 그냥 저 사람이 놀러 와서 좋은가 보다 하고 지나쳤다면 그냥 하루의 기분전환으로 끝났겠지만 수영이 아내 건강에 도움이 된다는 뜻밖의 발견을 하게 된 셈이라 기뻤습니다. 가만 생각해 보니 아내가 평소 무엇을 좋아하는지 살펴보는 것이 우울증에서 탈출할 수 있는 또 다른 발견으로 이어질 수 있을 것 같았습니다. 아플 때 어릴 적 좋아했던 음식을 먹으면 기운이 나는 것처럼 좋아하는 것이 무언지를 찾아서 살아날 방법으로 사용하는 것입니다.

수영처럼 아내가 좋아하는 것들을 다시 살펴봤습니다. 이번에는 범위를 넓혀서 운동만이 아니라 좋아하는 음식, 반찬, 과자, 여행지, 기호품, 노래, 영화, 배우, 가수, 책 등등 일상생활에서 아내가 좋아하는 것들이 무언지 봐 두었다가 활용했습니다. 예를 들면, 맛있게 먹는 음식을 기억해 뒀다가 컨디션이 안 좋을 때 좋아하는 것을 먹으러 가자고 하는 식이었습니다. 우유를 넣은 라떼를 맛있어하면 기운 없어 할 때 똑같이 타서 내오는 식으로 대응했는데 정말 효과가 좋았습니다. 매일 조금만 수고하면 유사시 활용할 수 있는 든든한 리스트를 갖게 되는 것입니다. 전부 성공한 것은 아니지만 기분 전환이라도 된다면 감사한 일이기에 꾸준히 계속했습니다.

5장

우울증 개선을 위한 식이요법과 영양제 복용

아내가 30대 중반에 우울증 진단을 받은 후
그동안 먹는 것에도 문제가 있었다는 생각에
크게 후회가 됐습니다.

05

우울증 개선을 위한 식이요법과 영양제 복용

사람이 하루에 섭취하는 음식의 양은 1.5~2.5kg 정도 된다고 합니다. 1년이면 무려 550kg 이상 되는 엄청난 양입니다. 바쁘다는 이유로 대충 먹고, 허겁지겁 식사하느라 중요하게 생각하지 못하지만, 실제로는 어마어마한 음식이 우리 몸속으로 들어가서 흡수되고 있습니다. 이렇게 섭취한 음식물이 우리 몸을 구성하고 활동에 필요한 에너지원이 되니 무엇을 먹을지 정하는 것이 굉장히 중요합니다.

아내가 대학병원에서 근무할 때를 떠올려보면, 점심시간이라고 환자가 오지 않는 것이 아니어서 순번을 정해서 15~20분 정도 되는 짧은 시간 안에 식사를 마치고 업무에 복귀해야 했습니다. 시간이 부족해 냉면이나 빵같이 금방 나오고 빠르게 먹을 수 있는 음식을 자주 먹었고, 그마저도 나오자마자 정신없이 입에 집어넣는 식으로 서둘러야 했습니다.

당시의 저도 크게 다르지 않아서 라면이나 김밥으로 한 끼를 때우는 경우가 많았는데, 제대로 먹으려니 귀찮고 비싸서 자주 먹어도 질리지 않는 자극적인 음식을 주로 먹었습니다. 거의 일주일에 두세 번은 분식으로 배를 채웠던 것 같습니다. 십수 년을 그렇게 먹어도 큰 문제가 없어 우습게 생각했는데 혈액검사에서는 각종 수치가 경고 신호를 보내고 있었습니다.

저희 부부는 사회생활도 활발히 해서 회식은 점심이든 저녁이든 빠지지 않았고 술도 취할 때까지 양껏 마셨습니다. 아내는 건강검진에서 지방간이 발견되고, 혈액검사에서 중성지방 수치와 염증 수치가 상승하는 등 이상신호가 감지됐지만 아직 젊어서 괜찮다고 웃어넘기고 특별히 관리하지 않았습니다. 체중도 계속 불었지만 크게 신경 쓰지 않았습니다.

그러던 어느 날 아내가 어깨 결림을 호소했는데 정형외과를 다녀도 잘 낫지 않고, 가슴이 답답한 증상이 추가로 생겨 병원에서 여러 검사를 받았지만 특별한 문제가 발견되지 않았습니다. 이상 증상은 있는데 원인을 알 수 없어서 여성 호르몬 수치와 갑상선 질환 검사도 받았지만 역시나 정상이었습니다. 당시에는 알지 못했지만 우울증 전조증상이었던 것 같습니다.

아픈 사람은 신생아처럼 먹어야 한다

아내가 30대 중반에 우울증 진단을 받은 후 그동안 먹는 것에도 문제가 있었다는 생각에 크게 후회가 됐습니다. 그동안 빨리 나오는 음식이면 아무거나 먹었고, 돈 아낀다고 싸구려 음식을 먹었던 것 때문에 병에 걸린 것은 아닐까 하는 생각에 괴로웠습니다. 돌이켜보면 우울증이 오기까지 전조증상이 몇 번 있었던 것 같은데 왜 미리 신경 쓰지 못했을까, 내가 말리지 않고 동참해서 이렇게 된 것 같아 자책감에 힘들었습니다.

먹는 것부터 철저히 살펴보고 바꿔야겠다는 생각이 들었지만 정작 어떤 식단을 기준으로 해야 할지 알 수 없었습니다. 비만인 사람은 저열량식을 먹고, 당뇨인 사람은 저혈당 식이요법을 하는데 우울증에 걸린 사람은 어떻게 식사를 해야 되는지 정해진 것이 없었습니다. 그래서 고민하다 아이들 키우던 때가 생각나서 아내에게 "아픈 사람은 스스로를 신생아로 여겨야 된다. 잘 먹어야 한다."라고 얘기하고 절대 대충 먹지 못하게 했습니다.

예를 들면, 우울증이 오면 탄수화물을 자주 찾는데, 세로토닌 생성에 인슐린 분비가 필수적이라 세로토닌 수치가 낮을수록 단 것이 먹고 싶어집니다. 이럴 때 밥·면·빵 같은 정제 탄수화물(단순당)을 섭취하면 혈당이 급격히 상승했다 추락하는 것이 반복돼 오히려 정상적인 세로토닌 합성을 방해하고 인슐린 저항성이 생겨 우울감이 더 심해질 수 있습니다. 그래서 아내 식단에서 밥·과자·국수·빵 같은 것은 확 줄이고, 아예 장 볼 때 삼겹살, 소고기, 닭 등 영양분이 풍부한 식재료를 넉넉하게 주문했습니다.

식탁 위에 늘 놓여 있던 빵이 없어지고 밥이 반으로 줄어드니까 아내가 낯설어 했는데 탄수화물을 줄이고 단백질을 늘리니까 식탐과 배고픔도 줄었습니다. 매일 먹던 라면도 점차 먹지 않게 되고 나중에는 라면이나 국수를 봐도 시큰둥해질 정도로 식욕이 조절됐습니다. 자극적인 음식을 먹지 않아 그런지 맛을 느끼는 능력도 좋아져서 무얼 먹어도 전에 비해 맛이 풍부하게 느껴져 즐거워했습니다.

한번 먹어보고 괜찮다 싶은 음식은 앱 장바구니에 항상 넣어두고 다시 주문할 수 있게 했습니다. 앞으로는 좋은 음식만 먹겠다는 주의로 맛에도 신경 써서 아내가 뭘 잘 먹는지, 특히 좋아했던 음식이 뭐였는지, 계절별로 입맛 없을 때 뭘 먹으면 기운을 내는지 등을 계속 모니터링하며 변화를 줬습니다. 아내는 입맛 없을 때 새우를 잘 먹었는데 소금에 구워 먹으면 크게 비싸지 않고 단백질도 풍부해서 자주 해먹었습니다. 여름에 지칠 때는 매콤 새콤한 태국 요리를 좋아했는데, 시큼한 똠얌꿍, 양념치킨 맛이 나는 칠리농어 요리를 잘 먹었습니다. 종일 아프다가도 푸빳퐁커리를 먹으면 기운을 차려서 배달되는 가게를 알아 두고 자주 시켜 먹었습니다. 해산물과 단백질이 풍부한 요리들이어서 원기 회복에 도움이 많이 됐던 것 같습니다.

식사량도 중요한 문제였는데, 우울증이 심해지면 식사량이 확 줄고 날씨가 흐린 날은 아예 끼니를 거르는 경우가 생길 정도로 밀접한 영향이 있었습니다. 이렇게 식사를 제대로 못하면 다시 컨디션이 안 좋아지는데, 우울증으로 몸 상태가 안 좋아서 적게 먹으면 이후 컨디션이 더 안 좋아지는 악순환이 이어집니다. 이걸 알게 된 후부터는 조리 방법이나 먹는 양도 신경을 써서 너무 적게 먹은 것 같으면 식사에 불편한 점이 있는지, 맛이 너무 없는 것인지 등등 잘 먹을 수 있는 방법이 있나 살펴봤습니다.

구체적으로 고기류는 저렴한 걸 사면 퍽퍽하고 질겨서 먹기 힘들어 수비드를 만든다든가, 큰 맘먹고 제일 좋은 소고기를 시켜본다든가, 프라임 등급 스테이크 재료가 모두 들어있는 밀키트를 주문하기도 했습니다. 이 과정을 몇 년간 계속했는데, 마치 입 짧은 어린아이를 기르는 것처럼 좋은 재료를 요리해서 내놓고 잘 먹는지, 얼마나 먹는지 세세하게 살펴보고 가장 효과가 좋은 조합을 알아내 병을 이겨낼 수 있는 수준으로 개선하는 과정이었습니다.

결과적으로는 몇 가지 조합에 정착했는데, 가장 많이 먹은 것은 소고기 찹스테이크입니다. 그날그날 저렴한 부위를 구입하는데 주로 부챗살이나 척아이롤, 윗등심살을 잔뜩 사서 소금과 후추로 양념하고 질 좋은 버터를 곁들여서 풍미를 더합니다. 구운 양파와 브로콜리를 같이 먹었는데, 브로콜리는 맛도 좋았지만 엽산과 단백질이 풍부해서 건강에도 좋았습니다. 다음으로 즐겨 먹은 것들 역시 구운 새우, 데친 오징어, 두부구이같이 단백질이 풍부한 식재료에 간을 한 것들이었는데 리코타 치즈를 곁들여 먹으면 보기에도 좋고 맛있어 했습니다.

이렇게 찾아낸 음식들은 집이 아닌 곳에서는 구하기 쉽지 않아 초기에는 입에 잘 맞는 음식들을 도시락으로 싸서 가지고 다니며 먹었습니다. 여행지에서도 건강식을 챙겨서 가지고 다니며 먹었고, 그마저도 힘들면 삶은 계란이나 맥반석 계란을 잔뜩 챙겨 가서 저탄수화물·고단백 식사를 했습니다.

간식이나 술, 과당이 들어간 음료는 피하고 무설탕 제로 음료 등을 많이 마셨는데, 처음에는 맛이 다르고 어색하다는 반응이었지만 이내 적응할 수 있었습니다. 술은 무알코올 음료로 대체했는데 맥주 외에도 와인, 위스키 등 다양한 무알코올 음료를 마셨습니다. 가격 상관하지 않고 국내외에서 다양하게 구비해서 좋은 날 한 잔씩 곁들이면 술 끊었다고 아쉬워할 것 없이 기호도, 건강도 모두 잡은 만족스러운 식사를 할 수 있었습니다. 아내가 좋아했던 무알코올 주류를 몇 가지 소개하면 아래와 같습니다.

<무알코올 주류 추천>

1. 아사히 드라이 제로(무알코올 맥주) - 차갑게 마시면 진짜

맥주와 흡사한 맛이 나고 칼로리와 당질 제로로 건강에도 적합합니다.

2. 산토리 올프리 라임(무알코올 맥주) - 맛은 조금 떨어지지만 라임이 들어있어서 코로나 맥주 같은 풍미가 있습니다. 칼로리·당질 제로에 퓨린까지 제거돼 요산·통풍 염려 없이 마실 수 있습니다.

3. 초야 유즈슈(무알코올 과실주) - 유자즙이 들어간 소주 맛이 납니다. 무알코올이지만 과즙이 들어있어 350ml 한 캔에 126kcal입니다.

4. 아사히 스타일 발란스 하이볼(무알코올 발포주) - 하이볼 맛의 무알코올 음료. 칼로리·당질 제로, 지방·당분 흡수를 막아주는 플러스 제품도 판매 중입니다.

5. 산토리 레몬사와(무알코올 칵테일) - 레몬이 들어간 씁쓸한 칵테일 맛의 무알코올 음료로 칼로리와 당질이 제로입니다.

6. 산토리 와인의 휴일(무알코올 와인) - 와인에서 알코올을 제거한 음료인데 맛이 와인과 흡사합니다. 과즙이 들어있

어 350ml 한 캔에 62kcal입니다.

무알코올 음료는 취하거나 두통이 생기지 않아서 부담 없이 마실 수 있고 진짜 주류가 아니라 온라인으로 구입할 수 있습니다. 다만 해외 직구로 구입하다 보니 배송비가 비싸 부담이 됐는데, 최근에는 국산 무알코올 주류가 다양하게 출시되고 있습니다.

아내 대신 먼저 먹어보기

사람의 입맛은 쉽게 바뀌지 않아서 유년기에 어떤 음식을 먹었느냐에 따라 평생 좋아하는 음식이 결정된다고 합니다. 평범한 사람이 이런데 병에 걸린 환자는 편식이 더 심해지기 마련입니다. 몸과 마음이 병들어 고통스러운데 먹는 것까지 제한하거나 바꿔보자고 하면 신경질이 나고 짜증스러울 수밖에 없습니다. 아내도 우울증으로 한창 고생을 하고 있어 먹는 것을 가지고 왈가불가하기 어려웠습니다. 식탁 위에는 항상 빵이 있었고, 2~3일에 한 번씩 라면을 먹었는데, 죽을 고생을 하고 있는 사람한테 "면은 몸에 좋지 않다.", "고기를 먹어야 된다." 이렇게 얘기할 수는 없는 노릇이었습니다. 라면이라도 먹으면 다행이라고 생각하고 있는데 떡볶이나 비빔 냉면같이 점점 자극적이고 간단한 식단으로 바뀌어 가니 가만히 보고만 있을 수가 없었습니다.

그래서 꾀를 냈는데 아내가 아니라 제 식단을 바꿔야겠다고 얘기했습니다. 이를테면 저탄수화물, 고단백 식단처럼 아내가 먹었으면 하는 식단을 제가 먹고 싶다고 말하고 먼저 먹기 시작했습니다. 먹기 전에 "와 맛있겠다!"라고 좋아하는 티를 내고 식구들에게 권하니까 아내도 흥미가 생겨서 세 끼니 중 한 끼는 고단백으로 바꾸는 식으로 건강식단을 받아들였습니다.

그렇게 아내가 한 끼를 건강식으로 바꿨을 때 타이밍을 놓치지 않고 매끼 이렇게 먹으면 왜 몸에 좋은지 설명했습니다. 먹을 때마다 정말 맛있고, 먹을 때마다 건강도 좋아지니까 애들에게 "엄마표 밥상 정말 맛있지 않니?" 이런 식으로 너스레를 떨면서 아내를 폭풍 칭찬했습니다. 계속하니 아내도 기분이 좋아져 얼마 지나지 않아 한 끼만이 아니라 매끼 건강식을 먹겠다고 했습니다.

아내 입에 들어가는 모든 음식을 건강식으로 바꿀 수는 없었지만 라면이나 국수 섭취를 줄이기 위해 많이 노력했습니다. 처음에는 라면이나 빵, 밥에 대한 욕구가 강해서 먹는 횟수를 줄이는 정도였는데, 제가 라면과 밥을 끊다시피 하니까 점차 쌀을 잘 안 사게 되었습니다. 쌀이 집에 별로 없고 대신에 고기나 계란 같은 식재료를 풍부하게 구비해 놓으니까 밥은 두세 숟가락 정도 먹고 나머지는 고기를 먹는 식으로 바뀌었습니다.

제가 고기를 고집해서 1년 정도 지나니 어느새 온 식구 식습관이 변해 끼니마다 고기를 먹게 됐습니다. 제가 먹을 고기를 구우면 집안에 고기 냄새가 퍼지고 그 냄새를 맡은 아이들도 고기를 달라고 하니까 아내도 '나도 고기를 먹어야겠다.'라는 생각이 들어 고기가 주식이 됐습니다.

그렇게 고기와 단백질 위주의 식단으로 바꾸고 나니 탄수화물에 대한 욕구가 점차 줄어 라면이나 빵을 봐도 소가 닭 보듯 하는 경지에 이르렀는데, 라면과 분식을 자주 먹던 아내도 탄수화물을 먹지 않으니 식욕 조절이 된다고 신기해했습니다.

매 끼니 밥을 먹는 기존의 식사에서는 아침 먹고 나면 땀이 나고 점심에 배가 고팠다면, 밥 대신 계란을 먹고 나서부터는 아침에도 부담이 없고 포만감이 오래 지속돼 점심에도 배가 많이 고프지 않고 은근한 허기가 느껴졌습니다. 아내도 같은 효과를 봤는데 쉽게 배고프고 배부르지 않으니까 사람이 차분해지고 정신이 또렷해지는 것 같다고 했고 식곤증이나 피곤함도 줄어 만족스러워했습니다.

비타민 B·D, L-테아닌으로 기운을 내다

음식을 다스렸으니 그다음으로 영양제를 먹어보자는 생각이 들어서 음식과 마찬가지로 제가 먼저 영양제를 먹어보고 권하는 방식으로 접근했습니다.

영양제는 식단보다 조금 더 조심스럽게 접근했는데 영양제를 먹는 모습이 겉보기에 마치 병에 걸려 처방약을 먹는 것처럼 보였기 때문입니다. 영양제가 한두 알이라면 상관없지만 여러 알을 손에 얹어 놓고 한입에 삼키는 모습은 마치 중병에 걸린 환자가 한 움큼 약을 먹는 것 같이 보였습니다. 우울증에 걸린 사람이라면 자칫 중독이나 부작용같이 부정적인 이미지를 떠올릴 수 있어 거부감을 느끼지 않도록 젤리 모양의 비타민부터 먹기 시작하고 천천히 영양제 종류를 늘리기로 했습니다.

시중에 나와있는 영양제 서적을 읽고 영어권 웹사이트 레딧(reddit.com)에서 영양제 관련 정보(특히, 인지 개선 분야, Nootropics)를 닥치는 대로 찾아서 연구했습니다. 통증 완화나 염증 개선 기능이 있다고 알려진 것부터 시작해서 하나부터 열까지 종류별로 먹어보고 실제로 통증이 줄어드는지, 염증이 가라앉는지, 효과가 있는 것을 추려냈습니다. 세로토닌 원료가 된다는 트립토판, 수면 개선에 효과가 있다는 마그네슘, 운동 효과가 있다는 아르기닌 등의 영양제도 추가로 먹어보고 효과가 있는 것을 남겼더니 나중에는 매일 십수 알을 먹게 됐습니다. 아내도 처음엔 주저하다 조금씩 영양제를 먹게 시작했는데 나를 위해 남편이 이렇게까지 하는 것에 고마움을 느낀 것 같습니다.

5년가량 100여 가지 영양제를 구해서 매일 먹어보고 그중에서 효과가 좋았던 것들만 남기는 식으로 정리했는데 비타민 B·D, L-테아닌(L-theanine) 등이 특히 효과가 좋아 지금도 매일 먹고 있습니다. 그렇게 최후까지 남은 영양제를 살펴보면 하루에 열 가지 종류, 총 14알 정도가 됩니다. 매일 아침에 먹기에 적당한 수준이라서 아침식사 때 섭취하는데, 처음에는 속이 거북한 느낌이 있었지만 3~4개월 정도 계속하니까 익숙해졌습니다. 여러 영양제 중 효과가 좋았던 영양제를 정리하면 아래와 같습니다.

<우울증에 좋은 영양제 정리>

비타민 B

- 피로감이 줄고 기운이 나는데 효과가 빨라 처져 있는 우울증 환자에게 좋습니다.
- 염증이 줄어들고 각종 점막 질환이 완화됩니다.(i.e 목감기, 기관지염, 구내염)
- 냄새가 강해서 처음 복용할 때 2~3개월 정도 적응이 힘들었는데 제로 콜라와 먹으니까 훨씬 편해서 지금도 그렇게 하고 있습니다.
- 끊으면 일주일 정도는 괜찮았지만 조금씩 다시 피곤해져서 끊지 않고 계속 먹고 있습니다.
- 여러 회사에서 제품이 나오는데 활성화 타입이나 고용량 표시가 된 제품이 좀 더 효과가 좋은 것 같았습니다.

비타민 D (5,000 iu 고용량 복용)

- 대부분의 성인이 결핍 상태로 복용하면 염증이 줄고 면역이 강화돼 삶의 질이 상승합니다.
- 식탐이 줄고 단것이나 간식 생각이 나지 않게 되는 등 건강 유지에 도움이 됩니다.
- 코로나19 중증화 예방, 치매 발병 확률을 낮추고 수명을 연장하는 효과 등이 여러 논문에 나와 미래에 대한 불안감이 심한 경우(특히, 우울증 환자)에 권할만합니다.
- 매일 5,000 iu 고용량을 수년간 복용했는데 별다른 부작용이 없고 최근 혈액검사 수치에서 67.6ng/ml로 정상 수준을 유지하고 있습니다.

L-테아닌 (녹차추출물)

- 불안감을 줄여주고 긴장을 완화해서 차분하게 생각할 수 있는 여유가 생깁니다.
- 스트레스를 줄여주고 심장 두근거림, 두통 등 카페인 부작용을 완화시킵니다.
- 별다른 부작용이 없고 장복하니 예민한 성격이 안정적으로 변하는 것 같습니다.
- 수면 건강에 도움이 된다는 이야기가 있으나 저희 부부는 특

별한 효능을 느끼지 못했습니다.

- 영양제 복용을 꺼리는 우울증 환자에게는 스트레스 관리 기능을 식약처에서 인정받았다는 점을 알려 안심하고 복용하도록 권할 수 있습니다.

오메가3(EPA+DHA 고용량 제품)

- 고지혈증을 핑계로 제가 먼저 먹기 시작했는데 4~5개월 복용 후 혈액검사에서 중성지방 수치가 절반으로 낮아지며 정상이 됐습니다. 아내도 같은 효과를 봤는데 복용 3개월 만에 중성지방은 155 → 95, 저밀도 고단백 콜레스테롤(LDL) 152 → 105로 감소해서 정상수치가 됐습니다.
- 장복하면서 안구건조증이 없어지고 눈과 피부가 촉촉해지는 효과가 있었습니다.
- 다른 영양제에 비해 알약이 크고 생선 냄새가 나서 처음 몇 달은 아내가 먹기 힘들어했습니다.
- 중금속 인증이나 함량과 비율을 따져 구입하는 것이 좋습니다.

후퍼진 A

- 뇌내 아세틸콜린 분해를 억제하는 물질로 기억력과 인지능력이 개선되고 노화로 인한 뇌기능 저하를 늦추는 효과가 있습니다.

- 우울증에 걸리면 뇌 기능이 저하되기 때문에 우울증 증상을 완화시킬 수 있지 않을까 기대가 컸습니다. 결과적으로 의미 있는 우울증 치료 효과를 보지는 못했습니다. 대신 매일 200mcg(0.2밀리그램) 한 알을 먹었는데 인지능력 개선 효과가 있었습니다.
- 예를 들면, 우울증을 이겨낼 방법을 찾을 때 책과 논문을 읽는 속도가 빨라지고 집중력과 기억력이 좋아져서 업무능력이 향상되는 효과가 있었습니다.
- 지금까지 약 5년 정도 매일 복용하고 있는데 특별한 이상은 없으며 생각이 빨라지고 머리가 가벼워진 기분이 듭니다. 커피를 마신 것과 비슷한 느낌이지만 카페인과 달리 가슴이 뛴다든가, 말이 많아지는 부작용이 없었습니다. 오전에 복용하는데 업무 중 의사결정에 자신감이 붙어서 매사에 흐름이 보이고 모든 것이 수월해져서 마치 예상했던 일들이 천천히 일어나는 것 같이 쉽게 느껴집니다.

여러 영양제를 먹어보고 시험해 보는 과정에서 효과를 본 것들은 주변에도 추천했습니다. 그 과정에서 제가 영양제를 다양하게 먹는 걸 알면 혹자는 무슨 약을 그렇게 많이 먹냐고 걱정을 했습니다. 겉보기에는 처방약을 먹는 것과 비슷해 생기는 문제인데, “그렇게 많이 먹으면 간에 문제가 생기지 않겠냐?”, “약을 한 움큼 먹는 모습이 마치 말기 암 환자 같아 보인다.”라는 식으로 부정적인 이야기를 많이 들었습니다.

아내 대신 제가 먼저 먹어보는 거라 갈 길이 구만 리인데 남의 시선 신경 쓸 처지가 아니라 처음에는 별 대응을 하지 않았습니다. 그런데 생각해 보니 아내가 똑같은 걱정을 할지도 몰라 안심이 되는 조치를 하기로 마음먹었습니다.

우선은 집 근처 병원에서 혈액검사를 정기적으로 받았습니다. 간단한 진료면담을 하고 채혈해서 검사하는 것인데, 간 수치하고 고지혈증, 당화혈색소 등 건강검진에서 사용하는 수치들을 알고 싶다고 이야기하면 2만 원을 지불하고 하루 후에 결과를 받아볼 수 있었습니다.

주변 걱정과는 달리 영양제를 먹었다고 간 수치가 올라가지 않았고 오히려 개선되는 것을 볼 수 있었습니다. 영양제만의 효과라기 보다 식이요법을 병행하면서 탄수화물 대사를 줄인 것이 간에도 긍정적인 영향을 준 것 같습니다.

처음엔 매달 피를 뽑느라 전날 금식하는 것이 조금 힘들었는데 수치가 개선되는 걸 보니 오히려 기분이 좋아져서 더 열심히 했습니다. 혈중 크레아티닌, 요산 등 대사질환 관련 수치도 모두 좋아졌는데, 이후에는 혈액 중 비타민 D 수치 등 추가적인 지표를 검사하기 시작했고 몇 년이 지난 지금도 3개월에 한 번씩 검사를 진행하고 있습니다.

탄수화물 대신 단백질 비중 늘리기

덴마크 오르후스대 연구팀의 2019년 논문을 보면 BMI, 키, 몸무게, 체지방 등 여러 신체 측정치 중 체지방이 우울증 발병과 가장 상관관계가 높았다고 합니다(Investigating the association between body fat and depression via Mendelian randomization, Transl Psychiatry. 2019; 9: 184.). 논문은 체지방이 평균보다 10kg 많거나, 체지방률이 12%p 증가할 때마다 우울증에 걸릴 확률이 17% 증가한다고 결론 짓고 체지방률을 낮추는 것이 우울증을 피할 수 있는 방법이라고 말하고 있습니다.

체지방을 측정할 수 있는 체중계를 사서 아내 체지방률이 어느 정도인지 측정해 봤는데 32~33% 정도로 나와서 비만 주의 구간이라는 판정이 나왔습니다. 여성 체지방률 표준 수치인 23~28%까지 내릴 수 있으면 우울증이 개선될 거라는 생각에 방법을 찾기 시작했습니다.

당시에는 조금 생소한 저탄고지(LCHF, Low Carb High Fat)가 눈에 들어왔습니다. 탄수화물 대사를 줄이고 지방이 풍부한 음식을 먹으면 몸에서 지방을 에너지원으로 사용하기 시작해 체내 지방도 분해된다는 논리였는데 평소 탄수화물을 많이 먹었던 아내에게 적절한 방법처럼 보였습니다. 다른 방법과 마찬가지로 제가 먼저 시작했는데 탄수화물 대신 지방이 들어간 음식을 찾기가 쉽지 않았습니다. 특히, 지방이 들어간 음식들은 맛이 영 별로라 유지하는 것이 생각보다 어려웠습니다.

코코넛오일이 들어간 방탄 커피나 버터 같은 것이 유명했는데 평소에 먹지 않다 보니 한두 끼 정도 먹는 수준이었고 반복해 먹기 힘들었습니다. 지방 특유의 느끼하고 무거운 맛에 질리기 시작했는데 계속하니까 설사도 종종해서 서너 달 시도하다가 결국 그만뒀습니다.

다른 방법을 찾는 사이에 건강검진을 받았는데 결과지를 보니까 항목 중에 '케톤체'라는 수치가 '약 양성'으로 나왔습니다. 못 보던 부분이라서 진료 도중 물어보니 탄수화물 대사가 줄어서 몸에서 지방을 분해할 때 올라가는 수치라는 설명을 들었습니다. 약 양성은 오히려 당뇨나 다른 질환에도 긍정적인 영향을 줘 걱정할 것 없다고 했습니다.

저탄고지가 이제 막 힘을 발휘하기 시작했다는 생각이 들어서 계속하기는 해야겠는데 다시 지방식을 먹기는 괴로워 지방 대신 단백질을 먹으면 어떨까 생각했고 저탄고단(LCHP, Low Carb High Protein) 식이요법을 시작했습니다.

지금은 저탄고단 역시 주목받는 식이요법이지만 당시에는 저탄고단이라는 표현 자체가 생소했고 단백질 대사로 인한 통풍, 신장 부담 등 부작용 우려가 많았습니다. 저탄고지를 해야지 왜 단백질을 고집하느냐는 의견이 우세한 상황이라 다소 주저하던

중에 어차피 매달 혈액검사로 AST(GOT), ALT(GPT) 같은 간 수치를 살펴보고 있으니 우선 열심히 해보고 간 수치나 신장 관련 수치가 안 좋아지면 그때 그만두자고 생각했습니다.

결과적으로는 단백질 식단으로 바꾸고서 각종 간 수치가 하락을 거듭해서 AST, ALT 수치들이 전부 10 초반대를 기록하는 등 이전에 비해 20~25% 수준까지 하락했습니다. 건강검진을 받으면 의사의 칭찬이 계속됐고, 신장 관련 수치도 혈중 크레아티닌이 0.9로 유지되는 등 특별한 이상이 없었습니다. 단백질이 풍부한 음식을 찾는 데도 어려움이 없어서 삶거나 구운 계란 등을 끼니 때마다 5-6개씩 먹었습니다.

계란을 먹기 시작하니까 어렵지 않게 단백질 식단으로 바꿀 수 있어서 이때부터는 아내도 동참하기 시작했습니다. 아침 식사도 밥이나 빵 같은 탄수화물 대신 삶은 계란으로 바꿨는데, 둘이서 먹는 계란이라고 해봐야 한 사람당 5개씩, 10개면 충분해 요리도 간단하고 먹기도 쉬웠습니다.

단백질 식단의 장점은 여러 가지가 있었는데 가장 좋은 것은 맛이 담백하고 은근해서 자극적이지 않다는 것입니다. 식탐이 자연스레 줄고 먹고 나면 포만감도 오래 유지돼 정서적으로도 안정되는 것을 느꼈습니다. 아내는 안 그래도 우울증으로 하루 종일 힘든데 먹는 것에서라도 스트레스를 덜 받으니 버티기 한결 수월하다고 했습니다.

지방식에 비해 주머니 사정에도 훨씬 유리해 맥반석 계란은 한 판 30개에 1만 원이 안 됐습니다. 대량 구매하면 개당 100원 정도로 살 수 있어서 부식비가 반 이상 줄었습니다.

외식을 하면 햄버거도 자주 먹었는데 번을 모두 제거하고 안에 들어있는 소스도 걷어내서 당분과 탄수화물을 줄여서 먹었습니다. 이렇게 먹으면 햄버거 하나에 약 17~20g의 단백질을 섭취할 수 있는데, 계란 하나에 7~8g 수준이니 계란 3개 정도의 단백질에 맞먹는 고단백 식품이 됩니다.

하루 세 끼를 먹을 때 계란 15개, 햄버거 2개 정도를 먹으면 계란 한 개에 평균 150원, 햄버거 1개에 5천 원 정도로 하루 식비가 1만 원 초반이라 경제적인 부담도 크지 않습니다. 섭취한 단백질 양은 계란에서 120g, 햄버거나 기타 단백질 음식에서 40g 정도를 채워서 하루 160g으로, 이 정도면 하루 권장 섭취량(RDA., Recommended Dietary Allowance)의 3배 수준이 됩니다.

일반적으로 권장 섭취량은 체중 1kg당 0.8~1g 정도를 매일 섭취하는 것인데 최근 연구에서는 이것도 부족하다는 견해가 많습니다. 저희 부부는 체중이 55~58kg를 오가는데 몇 년간 건강관리를 해보니 하루 160g의 단백질을 섭취하면 딱 적절한 것 같습니다. 더 먹으면 배가 부르고 덜먹으면 지방 감소 폭보다 근육이 더 줄어드는 경향이 강했습니다.

단백질이 아쉬웠지만 헬스 보충제를 먹지는 않았습니다. 셰이커같이 특별한 기구를 써야 우유나 물에 잘 풀리는 성질이 있어서 번거로웠고, 매 식사 때마다 먹기 위해 가지고 다니는 것도 쉽지 않아서 안 그래도 힘든 아내에게 추천할 방법이 아니라고 생각했습니다. 가격도 문제가 있었는데, 대부분의 단백질 보충제는 벌크업을 위한 탄수화물을 상당히 많이 포함해 단백질 함량이 높은 제품을 선택하면 상당한 고가의 제품만 남았습니다. 가격을 낮추기 위해 대량 구매하면 크기가 커 보관도 어렵고 타서 먹을 때마다 가루가 날리는 등 여러 가지로 불편해 우울증 가정에서 사용하기에는 번거로운 점이 많다고 생각합니다. 주로 먹었던 단백질 식단과 절제한 탄수화물식을 나열하면 다음과 같습니다.

<아내에게 유용했던 식단과 조절한 식단>

유용했던 단백질 식단

- 계란 : 삶은 계란, 구운 계란, 반숙란 등등 조리 형태를 다양하게 해서 매 끼니 5개씩 섭취했습니다.(소금·초장·고추장 등 다양한 소스를 활용할 수 있고 가지고 다니기에도 간편합니다.)

- 햄버거 : 각종 햄버거에서 빵, 번을 제거하고 끼니마다 1~2개 섭취했습니다.(더블 패티 제품으로 고르면 단백질이 더 많고 소스는 가능하면 덜어냈습니다.)

- 치킨 : 의외로 단백질이 풍부해서 부담 없이 섭취했습니다.(구운 치킨은 탄수화물 양이 극히 적어서 유리합니다.)

- 돈가스 : 돼지고기, 생선 등을 종류별로 다양하게 섭취했습니다. 치킨보다 못해도 단백질·지방이 풍부합니다.(모차렐라 치즈 돈가스나 고구마페이스트 돈가스 같은 것은 피합니다.)

- 피자 : 치킨, 돈가스보다는 부족하지만 새우나 고기 같은 단백질 토핑을 올려서 보완합니다.(각종 탄수화물류로 치장된 고구마 크러스트 등은 피합니다.)

조절한 탄수화물 식단

- 밥, 빵, 면(단순당) : 거의 끊다시피 해서 끼니당 한두 숟가락 정도만 섭취했습니다.(처음엔 허기지고 줄이기 어렵지만 단백

질 식단을 풍부하게 먹으니 한 달 후 극복됐습니다.)

- 과자 : 자극적이고 중독적인 맛이라 끊기 힘들어서 단백질 과자를 대신 먹었습니다.
- 술 : 끊기 어려워서 당질 제로+무알코올 제품을 다양하게 먹었습니다.(국내에서는 하이트제로가 추천할 만하고 막걸리도 무알코올은 있으나 당류 비중이 높습니다.)
- 설탕 : 사탕이나 과당이 들어간 탄산음료를 끊고 스테비아, 제로 콜라 등으로 대체했습니다.(스테비아는 가격이 상당하지만 아주 조금만 넣어도 단맛이 강해서 비용면에서도 유리합니다.)
- 현미, 잡곡밥(복합당) : 초기 백미 밥을 줄일 때는 현미와 잡곡밥을 대신 먹기도 했지만 GI(glycaemic index), GL(glycaemic load) 수치가 백미와 크게 차이가 없어 이내 먹지 않았습니다.

6장

운동으로 찾은 희망

운동을 최우선으로 해보기로 했습니다.
두통이나 근육통, 어깨 결림이 조금이라도 나아진다면
아내의 삶이 많이 달라질 것이기 때문입니다.

06

운동으로 찾은 희망

우울증은 정신적인 문제라고 생각하기 쉽지만 실제로는 대부분 신체적 증상을 동반해 어깨 결림이나 두통 등이 흔합니다. 전체 우울증 환자 중 신체 증상을 겪는 비율은 연구에 따라 다르지만 40~90%에 이르며 많은 연구에서 두통을 가장 흔한 통증으로 꼽습니다. 문제는 우울증 환자는 통증을 더욱 예민하게 느껴 실제 병원에서 진단받은 것보다 고통이 심하다는 점입니다. 특히 여성은 그 정도가 더욱 심한 것으로 알려져 있습니다. 아내도 어깨 결림과 전신 근육통이 심했는데, 여러 병원을 다녀봐도 특별한 원인이 없어 통증이 만성화됐고 두통과 오한까지 더해져 우울증 진단을 받았을 때에는 종일 통증에 시달렸습니다.

우울증 환자 중 정확히 얼마나 많은 사람이 두통, 어깨 결림, 목·허리 통증을 겪는지는 명확한 연구가 없지만 2010년 대한우울조울병학회에서 13개 병원에 내원한 393명의 주요 우울장애 환자를 대상으로 연구한 결과를 보면, 전체 응답자 중 두통을 호소하는 환자가 275명(71.4%)으로 가장 많았고, 목이나 어깨 통증이 262명(67.8%), 허리 통증이 177명(46.1%)순으로 신체 통증을 동반하는 경우가 대부분이었습니다.

우울증 치료의 기본은 항우울제를 투여하는 것이지만 두통이나 어깨 통증 등은 항우울제가 해결해 주지 못합니다. 일부 항우울제(i.e 둘록세틴염산염)가 근육통 치료제로 쓰이지만 효과가 크지 않습니다. 의료계에서도 이러한 문제점들을 인식하고 '비약물학적 치료법'에 대한 권고안을 만들어('근거중심 한국형 우울증 비약물학적 치료 지침서', 2010.) 운동을 가장 현실적이고 효과적인 치료 방법으로 추천하고 있습니다.

중증 우울증인 경우 운동으로도 효과를 보지 못하면 남은 방법이 많지 않아서 입원 후 시도할 수 있는 전기경련치료(ECT, Electroconvulsive Treatment), 자살 충동에 즉효를 내는 에스케타민 신약인 스프라바토(Spravato) 정도가 있었습니다. ECT는 시행하는 병원이 따로 있고 입원 후 10여 차례 이상 해야 해서 쉽게 결정하지 못했고, 스프라바토는 코에 뿌리는 스프레이 타입으로 가장 기대한 치료법이었지만 당시에는 임상 시험 중이라 사용할 수 없었습니다. 애타게 기다렸던 스프라바토는 2020년 6월에 식품의약품안전처 정식 승인을 받았으며 같은 해 11월 치료제로 출시됐습니다. 중증 우울증, 치료저항성 우울증에 즉시 효과를 내고 자살 충동에 특효가 있어 많은 환자의 생명을 구하고 있다고 합니다.

다른 치료법이 별로 없다는 것을 알게 되니 막다른 길에 내몰린 느낌이 들었습니다. 아내 상태가 계속 나빠져서 운동요법을 시도하려면 최대한 빨리해야지 잘못하면 거동도 제대로 못하겠다는 생각이 들어 이런저런 운동에 대한 논문이나 서적을 닥치는 대로 읽기 시작했습니다. 그중 이목을 끄는 내용이 있었는데 운동치료가 두통이나 각종 통증을 경감시켜준다는 것이었습니다.

근골격계 통증에 대한 여러 논문을 보니 운동으로 통증이 절반 이하로 줄었다는 보고가 흔했는데, 운동하는 과정에서 체내에 여러 화학물질이 분비되고 그중 코티졸 같은 스테로이드 호르몬이 스트레스를 낮춰주고 항염증 효과를 낸다는 내용이었습니다. 엔도르핀이 분비돼 통증에 둔해지는 효과도 있는데, 추가로 도파민과 세로토닌 등을 포함해서 총 50여 가지가 넘는 신경전달물질이 증가하면서 우울감 및 불안감이 같이 감소한다는 것입니다. 특히, 세로토닌이 증가한다는 대목이 반가웠는데, 세로토닌 결핍이 우울증 원인으로 지목되기에 운동으로 세로토닌을 늘릴 수 있다면 그것만으로도 상당한 치료 효과를 기대할 수 있겠다는 생각이 들었습니다.

여러 자료를 보고 나니 남성이 여성보다 우울증 유병률이 낮은 것도 어찌 보면 운동이나 근육량 차이에서 기인할지도 모른다는 생각이 들었습니다. 살면서 땀 흘리는 운동을 해본 적이 별로 없기도 해서 운동을 최우선으로 해보기로 했습니다. 두통이나 근육통, 어깨 결림이 조금이라도 나아진다면 아내의 삶이 많이 달라질 것이기 때문입니다.

집에서 하는 운동의 장점과 효과

문제는 우울증으로 몸과 마음이 피폐해진 아내에게 어떤 운동을 권할까 하는 점이었습니다. 어딜 나가야 걷기라도 할 텐데 외출도 힘든 사람한테 운동을 하라니 시작부터 말이 되지 않았습니다. PT나 헬스장을 등록하는 것도 마찬가지로 어려워, 제가 집에서 같이 할 수 있는 운동이 없을까 고민했습니다.

마침 눈에 들어온 것은 '워킹 패드'라는 제품이었는데 기존 트레드밀보다 작고 무겁지 않아서 집 안에서 사용할 수 있는 걷기 전용 운동 기구였습니다. 크기가 작은 대신 최대 6km/h 정도의 느린 속도만 지원했는데, 어차피 아내 컨디션에는 이 정도 속도로만 걸어도 좋겠다는 생각에 얼른 주문했습니다.

집안에서 운동을 한다는 것은 여러 장점이 있었는데, 일단은 어디 나갈 준비를 하지 않아도 바로 할 수 있으니 외출에 대한 체력적인 부담을 없앨 수 있었습니다. 시작하는 데 부담이 없으니 큰마음 먹고 하는 게 아니라 할 수 있을 때 짧게 운동하고 힘들면 좀 천천히 하는 식으로 자기 페이스를 찾을 수 있어서 좋았습니다. 식이요법이나 다른 것과 마찬가지로 제가 먼저 옆에서 운동을 시작하고 "집에서 운동하니까 너무 좋다." 혹은 "운동하니까 피로감이 없어지는 것 같아."라는 말로 운동 예찬론을 폈습니다. 원래 걷는 것도 싫어할 정도로 운동 자체를 멀리하던 저였기에 아내는 제가 운동하는 걸 보고 어색하다고 했는데 매일 열심히 하니 조금씩 관심을 갖기 시작했습니다.

집에서 하는 운동의 또 한 가지 장점은 바깥 날씨에 영향을 덜 받는다는 점입니다. 처음엔 '굳이 집에서까지 운동을 해야 해?'하는 생각에 내키지 않았던 아내인데, 장마철에 며칠씩 비가 오니까 '나가지도 못하는데 집에서 운동 한 번 해볼까?'라는 생각이 들었다고 합니다.

우울증이 있으면 날씨에 영향을 크게 받아서 비 오는 날은 기분도 착 가라앉고 무기력증이 스멀스멀 올라오는데 막상 워킹 패드에서 걸어보니 컨디션이 좋아지는 걸 느꼈다고 합니다. 그렇게 워킹 패드를 시작하고 나서는 하루에 5분씩 걷고, 익숙해진 후에는 운동화도 사서 신으면서 매일 20분 정도를 걸었습니다.

워킹 패드에서 20분 정도를 6km/h 정속으로 걸으면 마지막 3분 정도는 온몸에 땀이 나서 닦아야 할 정도가 되는데 아주 힘들지는 않지만 숨도 조금 차고, 마치 어릴 적 뛰놀던 시절로 돌아간 것처럼 기분이 좋았습니다.

운동하는 과정을 기록으로 남겨보자는 생각에 스마트워치를 두 개 사서 아내와 같이 착용했는데 보폭, 속도, 심박수 등이 실시간으로 표시됐습니다. 처음에는 걷는 속도도 느리고 분당 심박수도 최대 160~170bpm으로 높았는데, 서너 달 꾸준히 하니 점차 내려가는 것이 보여서 아내가 심장이 건강해진 것 같다고 기뻐했습니다.

반년 정도 매일 걷고 나서는 시속 8km/h까지 나오는 워킹 패드로 교체했는데, 이 기구에는 앞부분을 들어 올려서 경사를 조절하는 기능이 있었습니다. 언덕길을 오르는 것 같이 부하를 조절할 수 있어 평지를 걷는 것과는 비교할 수 없이 힘들어서 처음에는 오히려 걷는 속력이 떨어졌습니다. 익숙해지고 나서부터는 7~8km/h로 속도도 올리고 경사도 최대로 높여 빠르게 걸었는데 5분 정도만 해도 땀이 비 오듯 해서 체감상 2배 넘게 힘들었습니다.

운동 후에 뒷다리나 엉덩이가 아프고 더워 운동하기 싫어져 기구 위치를 TV 앞으로 옮기고 영상을 보거나, 선풍기와 에어컨을 틀어 시원하게 하는 등 운동 환경을 개선했습니다.

당시에는 우울증 환자가 운동하는 것이 역효과가 난다는 의견도 있어 아내에게 운동을 추천하기 꺼려졌는데, 6개월가량 직접 해보면서 운동하기 좋은 환경을 갖추고 나니까 이 정도면 아내에게도 권할만하다는 생각이 들었습니다. 아내 컨디션이 좋아 보이는 날을 골라 한번 해보자고 이야기했는데, 처음이라 10분 정도만 걷고 내려왔을 뿐인데도 기분이 좋아지고 스트레스도 확 풀린다고 아주 좋아했습니다.

같이 하자고 권하기 시작한 지 얼마 안 돼서 아내가 발바닥이 뜨거워서 힘들어 해 바닥이 두툼한 운동용 실내화를 선물했는데 신발을 바꿔 신으니 훨씬 편하다고 했습니다. 이렇게 이런저런 조절을 하며 매일 운동 시간을 늘렸습니다. 어느 시점부터는 저보다 아내가 더 열심히 했는데, 그렇게 둘이 1년가량 집에서 매일 걸었더니 어느 순간부터 밖에서 걸을 때도 차이가 느껴졌습니다.

발을 땅에 디딜 때 안정감이 생겨서 머리가 흔들리는 느낌도 없어지고 다리가 땅에 콱콱 박히듯 힘차게 걸을 수 있었습니다. 아내 두통도 없어지고 먼 곳까지 걸어도 부담이 없어서 매사가 즐겁고 기분이 좋았습니다.

걷기로 효과를 보고 나니 다른 운동에도 흥미가 생겨서 여러 기구를 들였는데 효과를 본 운동들과 홈트 기구들을 나열하면 다음과 같습니다.

<효과를 본 운동기구들>

걷기 : 워킹 패드

- 가격이 20~50만 원대로 저렴하지 않지만 우울증 상태에서 시도할 수 있는 가장 쉬운 운동입니다.
- 초기에는 시속 6km/h 모델로 시작, 익숙해지고 8km/h까지 가능한 모델로 교체했습니다.
- 경사를 5~10도 정도 줄 수 있는 모델이 부하가 커서 운동 효과가 훨씬 큽니다.
- 최대 경사로 7~8km/h 속력으로 20분 정도 매일 수행하면 신체·정신적 효과가 뚜렷합니다.
- 층간 소음은 5~10cm 두께의 두툼한 헬스장 바닥재를 설치하면 없앨 수 있습니다.
- 맨발 혹은 양말을 신은 채로 하면 부상 위험이 있어 운동화를 신는 것이 좋습니다.
- 오전 혹은 점심 식사 후에 걷는 것이 가장 효과가 좋았습니다. 오후에는 효과가 반감되고 밤에 하면 수면을 방해하는 문제가 생깁니다.

스쿼트 보조 기구

- 글자 'ㅗ' 모양으로 생긴 기구로 하단에 발을 집어넣으면 스쿼

트 도중 넘어지지 않게 도와줍니다.

- 가격이 3~5만 원으로 저렴하고 중고시장에서도 쉽게 찾을 수 있어서 부담이 없습니다.

- 자세 불안정으로 맨몸 스쿼트를 제대로 할 수 없는 초심자에게 추천합니다.

- 앉았다가 일어나는 간단한 동작을 반복하는 것이라 걷기·달리기에 비해 훨씬 짧은 시간에 수행할 수 있습니다.

- 이 기구를 사용한 스쿼트는 시시스쿼트(Sissy squat) 혹은 벤치 시시스쿼트라고 해서 허벅다리 근육에 운동 효과가 집중됩니다. 허벅지 근육은 전체 근육의 40%에 해당할 정도의 가장 큰 근육이라 허벅지를 집중적으로 단련하면 투입 시간 대비 큰 효과를 볼 수 있습니다.

- 다만 무릎에 부하가 커 과체중이라면 식이조절과 걷기, 달리기 등의 유산소 운동으로 체지방과 체중을 줄인 다음 하는 것이 좋습니다.

- 기구를 사용한 스쿼트에 어느 정도 익숙해지고 다리 근육이 생기면 맨몸 스쿼트를 하고 맨몸 스쿼트를 해도 무리가 없는 몸 상태가 되면 중량 스쿼트에 도전하면 좋습니다.

턱걸이 바

- 등 근육과 광배근이 집중적으로 발달하며 두통, 어깨 결림, 목

통증 등에 특히 효과가 있습니다.

- 잘 때 등이 배기거나 어떤 베개를 써도 불편했는데 등 근육이 발달하니 어떤 자세로 자도 상관없을 정도로 좋아졌습니다.
- 수행 직후 생각이 극적으로 긍정적으로 바뀌며 빠른 우울감 개선을 느낄 수 있습니다.
- 초기에는 문틀에 끼워서 사용하는 철봉을 사용했는데 집안에 모든 방문에 설치해서 틈날 때마다 시도했습니다.
- 문틀 철봉은 2~3만 원 정도로 저렴하고 설치도 간편합니다.
- 다리를 들어 올린 채로 턱걸이를 하면 복근과 하체도 단련되는 최고의 맨몸 운동입니다.
- 자기 체중의 100%를 들어 올려야 해 무리하면 부상이 발생합니다. 집에서 편안한 마음으로 여유 있게 수행하고 전후로 워밍업, 쿨다운 스트레칭을 해주면 좋습니다.
- 턱걸이 1개도 성공할 수 없는 경우에는 체중을 줄이고 탄성 밴드, 초크 가루 등 기구의 보조를 받는 것이 좋습니다. 점프 후 버티는 방식으로 연습하는 것도 좋습니다.
- 아내는 보조 밴드 없이는 턱걸이를 1개도 할 수 없었지만 녹색 혹은 검은색 보조 밴드를 사용하면 3~4회 정도 할 수 있었습니다.
- 익숙해지면 문틀 철봉보다 가동 범위를 넓힐 수 있는 스탠드형 철봉으로 교체합니다. 와이드풀업 등 본격적인 풀업을 할 수 있

어서 어깨-팔-등-목까지 이어지는 상체 근육 발달에 아주 좋습니다.

매일 운동하며 얻은 놀라운 효과들

매일 걷고 뛰면서 턱걸이를 하니까 몸도 좋아지고 두통이 사라졌는데 계속하니 어깨 결림과 요통도 없어져서 운동 효과에 감탄했습니다. 아내도 운동하면 통증에서 해방될 거라는 생각이 들어서 괜찮다 싶은 운동을 찾으면 아내에게 보여주기를 반복했습니다.

여러 운동을 시도했지만 특히, 파워랙을 이용한 웨이트 트레이닝 효과가 좋았습니다. 중량스쿼트를 제일 많이 했는데 역도 선수처럼 무게 추가 양쪽에 달린 쇠막대기(바벨)를 등에 지고 앉았다 일어나는 운동입니다. 처음에는 양쪽에 5kg씩, 총 10kg을 짊어지고 하다가 조금씩 무게를 늘려서 나중에는 몸무게의 120%로 올려서 매일 했습니다. 효과도 좋았지만 보기에도 본격적인 운동이어서 아내도 빈 봉을 가지고 따라 하기 시작했습니다.

어느 시점에서는 20대 때보다 건강이 더 좋아진 느낌을 받을 정도였는데, 몸만 좋아진 것이 아니라 정신적으로도 긍정적으로 변했습니다. 저도 아내도 신이 났고 담당 의사가 진료 중에 어떤 운동을 했길래 이렇게 좋아졌냐고 물어보는 일도 있었습니다. 중량스쿼트에 익숙해지고 데드리프트를 시작했는데, 바벨을 완전히 내려놓은 상태에서 들어 올리는 역도 동작입니다. 소음을 잡기 위해 파워렉 아래쪽에는 슬링 캐쳐바라는 것을 설치했습니다. 스쿼트와 마찬가지로 운동 효과가 대단해 한창 중량스쿼트를 시도하던 아내에게도 권했는데 아내는 스쿼트보다 데드리프트 효과가 더 좋았습니다. 두 가지 모두 전신운동이지만 스쿼트는 전면에 효과가 집중되고, 데드리프트는 뒷면에 효과가 집중돼 어깨 결림, 등 통증에 시달리던 아내에게는 데드리프트가 좀 더 어울리는 운동이었던 것 같습니다.

아내가 웨이트 운동을 시작했으니 더 좋은 운동이 있으면 알려줘야겠다는 생각으로 이런저런 운동을 추가로 했는데 레그프레스, 랫풀다운 같은 것들이었습니다. 겉보기에 쉬워 보였지만 독학으로 하다 보니 근육통이 심해서 어떤 날은 아침에 침대에서 일어나기 힘들 정도로 통증이 심했습니다. 무거운 걸 들어 손바닥은 죄다 굳은살이 생기고 세수하다가 피부가 찢어져서 피가 나는 날도 있었습니다. 바벨을 지탱하는 어깨랑 목은 늘 멍이 들어서 옷으로 감추고 다녔습니다.

컨디션이 안 좋은 날은 각종 보호대를 사서 보강했는데 급하게 하다가 부상을 입기도 하고 너무 힘들어서 운동 기구 앞에서 쓰러져 자기도 했습니다. 병원에 가면 즉시 운동을 멈추고 물리

치료를 받으라고 했지만 빨리 몸이 좋아져야 된다는 목표 때문에 진통제와 처방약을 복용하면서 운동을 멈추지 않았습니다. 아프다고 쉬면 아내가 운동을 무서워할 수 있어 그런 것인데 결론적으로는 운동을 계속하면서 덜 다치는 법을 알게 돼서 어느 정도의 부상이 있어도 진통제를 복용하며 운동을 계속하는 것이 옳은 결정이었던 것 같습니다.

매일 운동하기 시작한 지 1년 6개월 정도 되니 전에 입던 모든 옷이 맞지 않을 정도로 뱃살이 빠지고 허리가 홀쭉해졌는데, 목표를 달성한 것 같아 너무 기뻤습니다. 허리 사이즈가 32인치에서 26인치가 됐는데 옷 가게에 가니 이 사이즈의 성인 옷은 재고가 없다고 해서 허탈하게 웃었던 기억이 납니다.

몸이 겉보기에도 확연히 달라지니까 아내도 '나도 운동하면 많이 좋아지겠구나.'하는 생각을 하기 시작했습니다. 힘들어도 둘이서 웨이트 운동을 같이 했는데 중량스쿼트는 30분만 해도 유산소 운동 3~4시간 한 것 같은 효과를 볼 수 있었습니다. 데드리프트나 랫풀다운 같이 새로운 운동을 할 때는 제가 먼저 시범을 보이면서 어려운 점을 알려주는 식으로 하니 아내도 금방 따라와 재미도 있고 보람찼습니다. 7년간 운동하며 변화한 여러 수치들을 기록했는데 요약하면 다음과 같습니다.

<함께 운동을 하며 개선된 신체 기록 : 나(왼쪽)와 아내 측정치(기록이 있는 것만 기재)>

- 체중 : 62kg → 57kg / 59kg → 54kg
- 체지방률 : 25% → 13% / 33% → 28%
- 골격근량 : 28.2kg(체중 대비 근육 비율 49.4%) / 22.1kg(체중 대비 근육 비율 40.9%)
- 악력 : 25kg → 40kg(상대 악력 70.1%) / 33kg → 39kg(상대 악력 72.2%)
- 체질량지수(BMI) : 22.5 → 20.1 / 24.2 → 22.1
- 안정 시 심박수 : 88bpm → 61bpm
- 허리둘레 : 32인치 → 26인치
- 신장 : 167.5cm → 168.5cm
- 기초대사량 : 1,333 kcal → 1,467 kcal
- 내장지방 레벨 : 6 → 1

수치로 보이지 않는 변화도 상당했습니다. 이를테면 아내는 근육통이나 어깨 결림 등 만성 통증이 많이 줄었고 덕분에 스트레스에도 강해졌습니다. 운동하기 전에는 아내가 쉽게 지치고 시끄러운 장소에 가면 힘들어했는데 운동을 매일 하고부터는 부쩍 기운이 나는 느낌이어서 어디를 가도 전보다 덜 힘들어했고 아픈 것도 전보다 덜해 잠도 잘 자서 컨디션이 한결 좋아졌습니다.

홈짐이 헬스장보다 나은 이유

홈트가 유행하면서 본격적으로 집에 운동기구를 설치하는 사람들이 늘어났는데, 저희 부부도 이런저런 기구를 들여서 나중에는 파워랙을 치우고 대신 집 한편에 헬스장 기구를 모은 홈짐(Home gym)을 꾸렸습니다. 공간에 여유가 없어 자리를 차지하던 소파 등 가구를 처분하고 헬스 기구를 들였는데 중량 원판을 이용해서 스쿼트, 데드리프트, 랫풀다운, 레그프레스 등 다양한 운동을 했습니다. 파워랙을 쓸 때는 가벼운 원판을 여럿 끼워가며 운동했는데 나중에는 25kg 원판같이 무거운 것이 늘다 보니 애들 다칠까 봐 웨이트블럭 내장형 홈짐으로 업그레이드를 했습니다.

비용 이야기를 하지 않을 수 없는데, 저렴한 편이라고 하는 파워랙과 중량원판을 갖추는 데만 100만 원가량이 필요했고, 층간 소음을 줄이기 위한 이런저런 바닥재와 도구에 또 수십만 원이 들어갔습니다. 중량을 매달고 운동하는 바벨도 길이나 베어링이 들어간 것 등 여러 가지를 샀고, 허리 보호대나 무릎 보호대 같은 소모품도 따지니 무시 못할 비용이었습니다.

저희 부부 두 사람만 사용하는 기구다 보니 부담이 많이 돼서 고민하다 구입했는데, 일단 투자하고 나니 들인 돈 생각이 나서 더 열심히 운동했습니다. 홈짐 기구는 더 부담되는 가격이었는데 저렴한 걸 사도 200만 원 정도에 설치비와 이런저런 옵션이 붙었습니다. 처음에는 이렇게까지 해서 집에서 운동을 한다는 게 유별난 것이 아닌가 생각도 했지만, 이후 코로나19가 맹위를 떨치면서 집에 홈짐을 차리는 케이스가 늘어 아내도 저도 기왕 돈 쓴 것 열심히 운동해서 병원비 아낀다고 생각하기로 했습니다.

중량을 이용한 웨이트 운동을 시작하고서 홈짐이 헬스장보다 낫다는 생각을 자주 했는데, 무엇보다 다른 사람과 기구를 나눠 쓰지 않아서 세팅하는 수고가 덜 들었습니다. 기다리는 사람이 없으니 도를 닦듯 천천히 할 수 있어서 운동 효과도 뛰어나고 부상 위험이 적었습니다. 아내와 운동하며 웃고 떠들어도 되니까 서로 자세 봐주면서 보조해 주기도 하고 즐겁게 운동할 수 있어서 힘도 덜 들고, 이렇게만 한다면 게을러지지 않고 매일 운동할 수 있겠다는 자신감이 생겼습니다.

우울증은 대부분 계절에 영향을 받는데 개인차가 있어서, 겨울에 심해지는 경우가 있는가 하면 여름에 심해지는 경우도 있습니다. 지난 병력을 돌이켜보면 언제쯤 우울감이 심해질지 예측할 수 있기 때문에 컨디션이 좋을 때 미리 운동해서 건강 상태를 끌어올리면 우울증이 심해질 때 좀 더 수월하게 넘길 수 있겠다고 생각했습니다.

아내는 여름에 특히 힘들어해서 다음 여름은 어떻게 날지 겁이 날 지경이었는데, 여름이 오기 전에 운동을 충분히 해서 대비하자고 하니 아내도 동의했습니다.

전에는 주말이면 누워서 뒹굴뒹굴하거나 잠만 잤는데 목표도 생겼고 집안에 운동기구가 즐비하니 운동을 해야겠다는 생각이 절로 들었습니다. 부부 동반으로 아침부터 저녁까지 열심히 운동을 하니까 땀도 나고 후끈후끈해져서 마치 여름을 미리 겪는 것 같았습니다.

조금 게을러진다 싶을 때 집안에 가득한 운동기구를 보면 들인 돈이 생각나서 자연스레 운동을 하게 됐습니다. 그렇게 하루 운동을 마치고 아내와 바닥에 누워 "우리 집은 집이 아니라 무슨 전지훈련장 같다."라고 농담을 했는데 그렇게 운동한 덕분에 그해 여름은 한결 수월하게 넘길 수 있었습니다.

운동을 하기 전에는 덥고 습하면 몸이 처지고 기분이 다운돼서 아무것도 할 수 없는 지경이었다면, 운동을 하고 나서는 더운데 어느 정도 면역이 된 느낌이었습니다. 아무래도 매일 땀 흘리며 운동을 하다 보니 땀나고 더운 것에 익숙해져 그런 것 같았습니다. 운동을 하니까 전보다 땀도 빠르게 나서 체온 조절이 잘되는 것도 큰 차이점이었는데 신진대사가 원활해진 덕분이었습니다. 전보다 땀이 좀 더 나도 더운 것이 견딜만하고 처지지 않으니 이렇게만 운동하면 여름도 극복할 수 있다는 생각이 들었습니다.

연간회원권·장기 등록으로 운동하면 돈 버는 구조 만들기

집에 기구를 설치하고 열심히 운동한 덕분에 아내 건강이 많이 좋아졌습니다. 아내는 전에는 생각할 수 없었던 바깥 산책도 하고 종종 카페도 가는 등 외부 활동도 할 수 있었습니다. 겉보기에는 환자처럼 보이지 않고 조금 기운이 없는 정도로 활력이 돌아왔는데, 사람이 많은 곳이나 소음이 심한 곳은 어지러워서 노이즈 캔슬링 이어폰을 가지고 다니며 스트레스를 조절했습니다.

밖에 나올 수 있게 되니 집에서는 웨이트 운동 위주로 하고, 밖에서는 유산소 운동이나 햇볕을 쬐며 산책을 해서 활동량을 늘리면 우울증에도 도움이 될 거라고 생각했습니다. 웨이트 운동은 기구가 필요하니 실내에서 하고, 걷기나 달리기 같은 유산소 운동은 트레드밀보다 실제 땅을 박차며 하는 것이 운동 부하가 커서 효과가 더 좋습니다. 웨이트 운동으로 근력을 키우고 유산소 운동으로 지구력을 더하면 근력과 체력이 모두 좋아질 것이고, 체지방률도 낮아져서 우울증 치료 효과도 좋아질 거라는 가설이었습니다(체지방과 우울증의 상관관계는 5장에서 다뤘습니다.).

처음에는 필라테스나 요가같이 여성 전용 시설이 많은 운동을 알아봤습니다. 효과를 봤다는 사람도 많고, 전문 강사에게 배울 수 있어 마음에 들었는데 개인교습이 상당히 비싸 아내가 하기 싫다고 고집을 부렸습니다. 우울증이 심하면 돈 쓰는 것이 미래 걱정으로 연결돼 힘든 걸 알기 때문에 마냥 권할 수 없어서 좀 더 싼 운동으로 알아보겠다고 물러섰습니다.

하지만 물가가 많이 올라 돈을 안 쓰고 운동한다는 게 쉽지 않았습니다. 저렴한 헬스장도 개인 트레이닝을 받으면 한 달 수십만 원이 들어갔습니다. 철저하게 횟수 당으로 가격이 정해져 있어 열심히 한다고 해도 아내 성격에 얼마 안 가 돈이 아까워서 그만두겠다고 할 것 같았습니다.

싼 것만 찾다가는 운동하기 어렵겠다는 생각에 약간의 트릭을 썼습니다. 좀 비싸도 365일 아무 때나 몇 번이고 갈 수 있는 회원권을 사기로 했습니다. 아내는 원래 소비성향이 생필품이나 저축 위주로 돈을 아끼는 편이었는데, 우울증이 생긴 이후로는 광열비나 애들 교육비같이 필수 지출만 하고 본인을 위해서는 10원도 쓰지 않았습니다. 이런 아내 성격을 역으로 이용해서 돈을 좀 더 지불해도 운동을 무제한으로 할 수 있는 곳을 고르면 본전 생각에 더 열심히 운동을 하지 않을까 꾀를 낸 것입니다.

여러 곳을 알아본 끝에 집 근처 10분 거리에 있는 호텔에서 1년짜리 피트니스권을 구입하면 정가 대비 30% 할인을 받을 수 있었습니다. 비즈니스 호텔이라 다른 호텔에 비해 저렴했지만 할인을 받아도 한 달 30만 원 수준이라 아내가 펄쩍 뛰며 반대했습니다. 이미 집에 홈짐을 차리느라 들인 돈이 있는데 또 지출을 한다는 게 부담스럽다는 것이었습니다. 다행히 부부가 함께 하면 추가로 10% 할인을 해준다고 해서 아내가 반쯤 고집을 굽혔습니다.

둘이 손잡고 가서 직접 내부 시설을 구경했는데 생각지도 못한 깨끗한 수영장이 있는 게 아니겠습니까? 수영은 집에서 할 수 없으니까 매일 가서 수영만 해도 비싼 것이 아니라고 설득했는데 아내도 어느 정도 공감했습니다.

말을 하면서도 힘들어서 매일 수영을 하지는 못할 거라 생각했는데 결론적으로 저희 두 사람은 결제한 그날부터 매일 가서 웨이트도 하고 수영도 하며 열심히 운동을 했습니다. 반년 정도 매일 하니까 맥주병이던 저도 꽤나 근사하게 수영을 할 수 있게 됐습니다. 정체돼 있던 체지방률도 순식간에 15% 초반까지 내려갔습니다. 온몸에 군살이라곤 하나도 없는 탄탄한 몸이 되니까 힘이 넘치고 하루하루가 즐거워서 운동도 더 열심히 하게 되고, 같이 운동하니까 도중에 얘기도 많이 해서 부부 사이도 더 가까워지는 것을 느꼈습니다.

아내는 저보다 더 열심히 해서 수영 외에도 매일 요일별로 열리는 무료 강좌에 참여해서 요가나 싸이클링, 피트니스 수업 등을 챙겨 들었는데 1년 비용을 미리 지불했으니 안 가면 손해이고, 매일 가서 추가로 운동하면 이득이라는 생각에 정말 열심히 다녔습니다.

처음에는 많은 사람들이 매일 운동하러 왔지만 점점 줄어서 몇 달이 지나자 매일 오는 사람은 저희 외에는 두세 명 밖에 없었습니다. 다른 사람들은 일주일에 1~2회 운동하는 것이 보통이라는 것을 알게 되니까 매일 운동 가는 것 자체가 대단한 일이라는 생각에 기분이 좋았고, 힘내서 끝까지 열심히 하자고 얘기했던 기억이 납니다. 직원분들도 매일 꾸준히 온다고 칭찬을 해서 더 열심히 할 수 있었고 날씨가 나쁘다든가, 몸 컨디션이 안 좋으면 운동하러 가야겠다는 얘기가 절로 나올 정도로 우울증에도 효과를 많이 봤습니다.

수영을 매일 하겠다는 일념 하에 노력하는 아내의 모습은 마치 우울증 걸리기 전으로 돌아간 것 같았습니다. 집에서는 식이요법과 영양제, 웨이트 운동으로 평소 컨디션을 끌어올리고, 아침마다 수영장에 가서 전신이 녹초가 될 때까지 수영을 하니까 잠도 일찍 자고 몸에 안 좋은 것은 입에도 대지 않게 됐습니다. 잠을 늦게 자거나 속이 안 좋으면 다음날 수영을 못하니까 평소 생활습관을 바꾸기로 한 것입니다. 이런 식으로 매일 철저하게 관리하니 저도 아내도 누가 먼저라고 할 것 없이 건강해지고 통증도 줄어서 늘 쌓아 놓고 먹었던 진통제도 어느 순간 먹지 않게 됐습니다.

7장

우울증 환자에 맞게 주변 환경 개선하기

특정 계절에 우울증 증상이 심해지는 경우가 많아
환자 본인이 어떤 계절을 가장 힘들어하는지
미리 알아 두면 사전에 대비할 수 있습니다.

07

우울증 환자에 맞게 주변 환경 개선하기

'비가 오면 삭신이 쑤신다.'라는 말처럼 날씨가 좋지 않으면 안 좋았던 부위에 통증이 생기고 장마철에 하루 종일 집에 있으면 작은 일에도 신경질이 나고 우울한 기분이 듭니다. 아무리 정신력이 강하고 건강한 사람이라도 한여름 땡볕에는 땀나고 힘들어 평정심을 유지하기 어렵습니다. 비단 날씨만 그런 것이 아니라 경제사정, 생활습관, 수면, 위생 등 여러 환경에 영향을 받는 것이 사람입니다.

사람이 문제가 아니라 병이 문제이고, 환경이 문제인데 과거에는 우울증에 걸리면 환자를 탓하는 경우가 많았습니다. 심지어 병원에서도 "환자분이 마음이 약해서 그런 거니 노력을 더

하셔야죠."라는 식으로 의지박약을 탓했습니다. 아내도 진료 중에 의사에게 이런 이야기를 들은 적이 있어서 클레임도 하고 병원도 바꿔봤지만, 병원을 떠나면 의사는 환자가 병이 나아 다시 안 온다고 생각해 반성하거나 행동을 바꾸지는 않았습니다.

중증 우울증 환자는 무기력증이 심해 병원이 아니면 집 밖 외출을 거의 하지 못합니다. 집과 병원 외에는 거의 머물러 있는 곳이 없어 역설적으로 집과 병원에 초점을 맞춰서 개선할 포인트를 찾아야 합니다.

병원은 의료진의 자세, 대기실 분위기, 진료 대기 시간이나 병원 위치, 처방약을 받는 동선 같은 세세한 요소 등을 종합적으로 고려해서 현재 다니는 곳이 여의치 않으면 과감하게 바꾸는 것이 좋습니다. 실제 환자들의 진료 후기 등을 참고하고 그래도 갈 곳이 마땅치 않으면 상급병원을 선택합니다. 중증 우울증은 조금 멀어도 우울증 센터가 있는 대학병원으로 가는 것이 응급실도 있고 입원이나 신약 등의 처치를 받을 수 있어서 좋습니다.

4장 마지막에서 하루 24시간 어떤 일이 있었는지 기록하고 개선할 점을 찾으면 우울증 환자의 삶의 질을 올릴 수 있다는 이야기를 했는데, 하루가 아니라 다른 차원에서 관찰과 분석을 해보는 것도 좋은 방법입니다. 예를 들면, 우리나라는 사계절이 있어 환절기에 바뀌는 기후에 적응하는 것이 큰 스트레스입니다. 통계적으로도 특정 계절에 우울증 증상이 심해지는 경우가 많아 환자 본인이 어떤 계절을 가장 힘들어하는지 미리 알아 두면 사전에 대비할 수 있습니다.

최선의 병원을 선택하는 기준

우울증 환자는 무기력을 동반한 정신적 고통에 시달리는데 이런 상태에서 의료진을 만나서 자신의 병에 대해 이야기하는 것이 큰 스트레스일 수밖에 없습니다. '내가 이렇게 힘든 걸 저 사람이 알기나 할까?'라는 생각이 들고 병이 깊을수록 현재 상태에 대한 자책이 더해져 진료 과정이 의료진에게 자신의 치부를 드러내는 것처럼 느껴집니다.

환자와 의료진과의 유대 관계를 '라포(Rapport)'라고 하는데 민감한 정보를 공유해야 하는 우울증 환자 특성상 라포를 형성하지 못하면 치료 효과가 떨어지고 치료 자체에 대한 믿음이 사라져서 자포자기할 수 있습니다. 적합한 병원을 선택해 치료 과정의 스트레스를 줄일 수 있다면 치료 효과도 상승할 것이고, 포용력 있고 신뢰할 수 있는 의료진을 만날 수 있다면 더 바랄 것이 없습니다.

네덜란드 NIVEL 연구소의 논문(Determinants of patient choice of healthcare providers: a scoping review, BMC Health Serv Res. 2012; 12: 272.)에 따르면 일반적인 환자가 병원을 선택하는 기준은 다음과 같습니다.

<일반 환자의 병원 선택 기준>

- 접근성 : 가까운 병원을 선호하고 대중교통 등 이동 수단이 편리할수록 선호
- 크기와 규모 : 진료 가능과와 의료진 수가 많은 대형 병원을 선호
- 의료진과의 관계 : 일방적이거나 사무적인 의료진은 기피하는 경향

우울증 환자에게도 같은 기준이 적용되지만 조금 다른 측면이 있습니다. 접근성 측면을 보면, 우울증 환자는 무조건 가까운 병원이 좋은 것은 아닙니다. 너무 멀면 다니기 힘들지만 너무 가까운 병원은 가는 도중에 아는 사람을 만날 확률이 높아 프라이버시 측면에서 문제가 있습니다. 우울증에 걸린 사실을 꼭 숨겨야 하는 것은 아니지만 정신적인 스트레스가 심한 우울증 환자의 특성상 병원까지 이동하는 동안 아무도 마주치지 않고 치료에 전념할 수 있도록 하는 것이 바람직합니다.

<우울증 환자에게 적합한 병원 1 : 접근성 측면>

- 너무 먼 병원은 다니기 어려워 좋지 않습니다.
- 집에서 가까운 병원은 가는 도중 아는 사람을 만날 수 있는 스트레스가 있어 피합니다.
- 대중교통이나 자차로 10분 이내에 도착할 수 있는 적당한 거리에 있는 병원이 좋습니다.
- 차로 이동할 경우 지하주차장에서 바로 병원으로 올라갈 수 있으면 좋습니다.
- 대중교통으로 이동할 경우 역 출입구에서 멀지 않은 병원이 좋습니다.

비슷한 맥락에서 병원 내부 구조나 분위기도 살펴봐야 합니다. 바깥에서 훤히 들여다보이거나 진료실 대화가 새어 나오는 곳은 좋지 않습니다. 적당히 안락하고 프라이버시가 보장되는 느낌을 주는 것이 중요합니다. 예를 들어, 대기실이 넓고 탁 트여있으면 주위 시선이 부담스러울 수 있습니다. 너무 환한 화이트 일색의 인테리어도 폐쇄 병동을 연상하게 해 좋지 않습니다. 이런 것은 사진만 보고는 알기 어려워 보호자가 병원을 사전 방문해서 실제 느낌이 어떤지 살펴보면 큰 도움이 됩니다. 너무 조용한 것보다 잔잔한 음악이 깔리고 미술 작품이 걸려있거나 TV

등을 틀어 놔서 시선처리가 편한 곳일수록 좋고, 가림막 등으로 구획돼 있어 적당히 얼굴이 가려지는 곳이 마음에 들 수 있습니다.

어떤 크기와 규모의 병원을 선택해야 하는가에 대해서는 일부 이견이 있겠지만, 초진 환자는 대부분 1차 병원(개인 병원)으로 가게 돼있습니다. 대학병원은 1차 혹은 2차 병원 소견서가 있어야 예약을 할 수 있고 대기 기간이 길어 초기 치료에 적합하지 않습니다.

1차 병원은 대부분 의사가 한 명이라 해당 의사가 어떤 사람인지가 선택의 핵심 요소가 됩니다. 인터넷 소개 글이나 방문객 후기, 지역 카페 추천 리뷰 등을 참고하면 도움이 됩니다. 환자를 편하게 대하는 의사인지, 이야기를 잘 들어주는지, 공감 능력이 뛰어난 사람인지 대략 유추할 수 있습니다.

2차 병원(종합병원)부터는 규모가 커지는데 환자도 늘어나는 만큼 무작정 크다고 좋은 것이 아니라 대기실에 환자가 얼마나 붐비는지, 진료는 보통 어느 정도 시간을 할애하는지 등을 살펴야 합니다. 경우에 따라서는 진료 시간이 너무 짧아 세심한 진료가 어려울 수 있고 약물 처방 위주로 진행될 수 있습니다.

<우울증 환자에게 적합한 병원 2 : 규모와 크기 측면>

- 대부분의 우울증 환자는 1차 병원(개인 병원)을 선택하게 됩니다.
- 1차 병원은 의사가 한 명이라 어떤 의사인지가 선택의 핵심입니다.
- 신뢰할 수 있고 라포를 형성할 수 있는 의사인지 인터넷 리뷰 등을 참고해서 방문합니다.
- 2차 병원(종합병원)은 100병상 이상이며 300병상 이상 시 정신건강의학과가 필수로 존재합니다.
- 3차 병원(상급 종합병원, 대학병원)은 1,2차 병원의 소견서가 필요하며 대기가 깁니다.

여성 환자는 의료진 성별이 선택의 기준이 될 수 있습니다. 사람마다 개인차가 있겠지만 민감한 정보를 털어놔야 하는 환자 입장에서는 같은 여성 의사에게 편안함을 느낄 수 있어 병원 선택 전 환자 의향을 물어보는 것이 좋습니다.

3차 병원(대학병원)에 다니는 경우는 병이 중증인 경우로 현실적으로 선택지가 많지 않습니다. 대부분 이동시간이 긴데, 이러면 병원 가는 과정에서 받는 스트레스가 상당하고 에너지 소모가 커 진료 시 보호자가 함께 가는 것이 좋습니다. 자차로 이동하면 주차가 힘든 경우가 많으므로 주차가 편한 시간을 미리 알아보고 진료를 해당 시간으로 잡는 것이 좋습니다.

약물 치료가 잘되지 않는 경우 우울증 센터가 있는 3차 병원을 선택하는 것이 좋습니다. 우울증 센터가 있는 곳은 다양한 치료법을 제시하고 의료진 수도 많아서 진료 시간이 길고 대기 시간도 짧을 가능성이 높습니다. 개방 병동, 폐쇄 병동을 갖추고 있는지도 중요한 부분입니다. 중증도에 따라 입원해야 할 수도 있는데 폐쇄 병동에 거부감이 있으면 개방 병동이 있는 병원을 선택해야 합니다.

3차 병원은 우울증 환자만 방문하는 곳이 아니고 특성상 중증 환자들이 많아 1, 2차 병원과는 분위기가 많이 다릅니다. 환자보다는 보호자가 먼저 직접 방문해서 어떤 느낌인지 살피고 환자에게 사전 설명을 해줄 수 있다면 큰 도움이 됩니다.

고심해서 선택한 병원에 가도 실망스러운 의료진을 만날 수 있습니다. 후기나 리뷰를 봐도 실제 어떤 의료진을 만나게 될지는 직접 진료실에 들어가 봐야 알 수 있습니다. 의료진도 사람이라 수많은 환자를 똑같이 대할 수 없고 때로는 실수도 합니다. 대기가 밀려 있으면 진료 시간이 짧아져 실망할 수도 있어 너무 기대하기보다 충분히 시간을 들여서 의료진과의 신뢰 관계를 형성할 수 있도록 옆에서 도울 필요가 있습니다.

<우울증 환자에게 적합한 병원 3 : 의료진 측면>

신뢰할 수 있는 의료진이 있는 병원

- 의료진과의 관계가 치료 효과를 좌지우지하기 때문에 선택에 있어 가장 중요한 부분입니다.

권위의식 없고 친근한 의사일수록 좋음

- 환자 의견이나 질문을 수용하지 않는 의사는 치료 효과도 떨어지게 마련입니다.
- 의사 성별, 연령, 화법 등이 종합적으로 영향을 주지만 만나보기 전에는 알기 어렵습니다.

처음부터 너무 큰 기대를 하는 것은 좋지 않음

- 처음부터 의사에게 너무 기대하기보다 관계가 정립되는 데 시간이 필요함을 설명합니다.
- 보호자가 진료실 안까지 동석해서 편안하게 이야기할 수 있도록 도우면 의료진과 환자가 서로를 이해하고 공감할 수 있어 라포 형성에 유리합니다.

여름 더위에 대비하는 법

아내는 사계절 중 여름을 가장 힘들어했습니다. 덥고 습해서 지치고 힘든 것도 있었고, 장마철에는 종일 비가 오는 것도 큰 영향을 미쳐서 한 여름에는 거의 누워 있는 날이 많았습니다. 폭염이 기승을 부렸을 때는 공황 증세도 심해져 병원 가는 것도 힘들 정도로 안 좋아졌는데, 처음에는 계절의 영향을 받을 수 있다는 생각 자체를 하지 못해서 첫 여름을 힘들게 보내고도 그다음 여름에 똑같은 고생을 하고 말았습니다. 두 번째 여름에 호되게 당하고 나니 매 여름을 이렇게 고생한다면 병이 낫지 않을 거란 생각이 들었습니다.

당시 저희 집 거실에는 10년 된 에어컨이 있었는데 에너지 효율이 낮아 전기 요금 때문에 설정 온도를 28℃ 정도로 높게 세팅하고 아주 더운 날이 아니면 잘 켜지 않았습니다. 아내가 건강할 때는 몰랐는데 상태가 안 좋아지니 문제가 됐는데, 열교환기 용량이 작아서 그런지 온도를 내려도 에어컨 앞만 춥고 조금만 멀어지면 후덥지근한 식으로 집안 전체 온도가 오락가락했습니다. 궁여지책으로 거실 외 방문을 모두 닫고 거실에 모여서 생활해 봤지만 추웠다 더웠다 하는 현상은 동일해서 아내가 냉방병에 걸리는 등 컨디션에 전혀 도움이 되지 않았습니다. 이래서는 여름마다 병이 깊어지겠다는 생각에 큰 마음먹고 에어컨을 신형으로 교체했는데 인버터 형식으로 바꾸고 용량을 큰 것으로 했더니 추웠다 더웠다 하는 현상이 크게 개선됐습니다.

조금 살만해지나 싶었는데 기록적인 폭염에 거실 에어컨만으로는 충분한 냉방이 되지 않았습니다. 아내는 괜찮다고 했지만 거실은 24℃여도 에어컨에서 가장 먼 침실은 29℃라 땀이 줄줄 날 정도로 더웠습니다.

당시 막 출시된 창문형 에어컨을 2대 사서 방마다 설치하니 그제야 집안 곳곳이 균일하게 온도가 내려갔습니다. 방마다 에어컨을 켜니 실내 온도가 빠르게 균일해져서 24~25℃ 사이로 유지됐습니다. 밖에 있다가 집에 들어오면 상쾌한 느낌에 기분이 좋아지고 아내를 포함한 온 식구 표정이 밝아졌습니다.

그렇게 몇 년을 냉난방에 계속 투자해서 집안이 쾌적해지니 어느 순간 그렇게 무섭던 여름도 지낼 만하다는 생각이 들었습니다. 아내도 '올여름은 어떻게 보내지?'하는 걱정을 내려놓고 조금씩 제 컨디션을 찾기 시작했습니다. 그렇게 여름을 몇 번 넘기니까 여름에 대한 불안감이 사라졌습니다.

요즘은 아예 여름 오기 몇 달 전부터 준비를 시작하는데 에어컨 실외기도 정비하고 선풍기도 작은 것, 큰 것, 손 선풍기 등 여러 제품을 준비해 놓고 운동량도 늘려서 힘들게 되기 전에 몸 상태를 끌어올리고 있습니다.

일기예보를 보며 비 오는 날을 살피자

우울증에 걸리면 날씨 영향을 많이 받습니다. 덥고 추운 날씨는 어느 정도 대비해서 넘길 수 있었지만 비가 오는 날에는 컨디션이 굉장히 안 좋았습니다. 아내가 두통이나 어깨 결림, 손발 저리는 증상을 호소했는데 아프니까 소화도 잘되지 않아서 먹는 양도 줄고 처지는 정도가 심했습니다. 처음에는 날씨 때문인지 몰라서 우왕좌왕했는데 아내 아팠던 날하고 비 온 날이 거의 일치한다는 생각이 들어 비 예보가 있으면 며칠 전부터 준비했습니다.

비 오는 날에 대한 기본적인 대응 방법은 여름철 더위랑 비슷해서 에어컨이나 제습기 가동을 기본으로 했습니다. 눅눅하고 끕끕한 느낌이 들지 않도록 집안 습기를 제거하는 것인데 비가 오면 상대습도가 95~100%를 기록하던 것을 제습기와 에어컨으로 60% 수준까지 낮췄습니다. 제습기는 비 오는 날에 아주 요긴했지만 열기를 방출해 한여름에는 사용하기 곤란해 여름철에는 에어컨을 주로 썼는데, 에어컨 특성상 온도가 너무 추워질 수 있어 애를 먹었습니다. 에어컨과 난방을 함께 가동하면 원하는 바를 이룰 수 있었는데 구체적으로 에어컨은 24℃로 맞추고 난방을 26℃ 정도로 맞춰서 실제 온도는 25℃ 정도가 되게 했습니다. 이렇게 하면 너무 춥지 않고 습기가 제거돼 습도 30~40% 정도의 쾌적한 환경을 만들 수 있었습니다. 다만 아내가 관리비가 많이 나오는 것을 염려해 집안 전체가 아닌 침실 위주로 온습도 관리에 집중했습니다. 실제 여름철에 한 달 전력량이 1MWh를 넘기면 100kWh 당 9만 원 정도의 요금이 부과돼(한국전력 수퍼유저 요금 단가 1kWh당 736.2원) 전기 요금만 60만 원이 넘기도 했습니다.

이렇게 하면 사실상 1년 중 겨울을 제외하고는 상시로 에어컨을 가동하게 되는데 전기 요금이 부담됐지만 사람이 살아야지 돈 아낄 때가 아니라고 생각했습니다. 결과적으로는 날씨가 좋지 않아도 아내 컨디션을 유지할 수 있어서 좋은 선택이었습니다.

비가 오는 날은 관절통이 심해지는데 아내도 비가 오면 날카로운 통증에 괴로워했습니다. 비가 오면 왜 더 아픈지 정확한 기전이 밝혀지지는 않았지만 저기압으로 인해 신체 내부 압력이 증가해서 관절염과 유사한 증상이 발생한다고 합니다. 집안의 기압을 조절할 수는 없는 일이기에 통증을 완화하는 애드빌(이부프로펜), 나프록센 등의 진통제를 먹는 것 외에는 딱히 대응할 수 있는 방법이 없었습니다.

장마철에는 비가 자주 내려 계속 진통제를 달고 살아야 했는데 아내가 진통제를 먹을 때마다 너무 우울해해서 비 예보가 있는 날이면 저도 괜히 아프다고 말하고 같이 진통제를 먹기도 했습니다. 우울증에 걸리지 않은 저도 비가 오면 몸이 아파 진통제를 먹으니 진통제 먹는 것에 너무 스트레스를 받지 않았으면 했던 것인데 아쉽게도 크게 위로가 되지는 않았습니다.

날씨가 안 좋은 날은 집에 틀어박혀서 진통제를 먹으며 버텼지만 집에서 운동을 시작한 후에는 일어나자마자 집에 설치한 홈트 기구에서 걷기, 달리기 등 유산소 운동을 하며 땀을 흘렸습니다. 집 안에서 비를 맞지 않고 운동을 할 수 있고 외출 부담이 없어서 아내도 열심히 운동했습니다.

아내는 운동하면서 스마트워치로 기록을 쟀는데 1분이라도 최대 심박수를 기록한 날은 날씨 영향을 훨씬 덜 받는다고 했습니다. 수영을 하니까 그 효과가 더 뚜렷했는데, 비 오는 날에 수영을 하면 처지는 것이 덜했습니다. 비 오는 날 둘이서 수영을 하러 가면 사람이 없어서 수영장을 전세 낸 느낌이었고, 빗방울 떨어지는 소리도 듣기 좋아서 비 오는 날이라고 아주 나쁜 것만은 아니라는 생각도 들었습니다. 아내도 수영장 분위기가 운치 있어 좋다며 궂은 날씨에도 열심히 운동을 했습니다.

비가 오면 생활 리듬도 깨지기 십상인데 해가 종일 구름에 가려져 집안이 어둑어둑해서 아침에는 늦잠을 자고 종일 기운이 없었습니다. 가벼운 비라 금방 그치면 괜찮지만 혹시라도 며칠 내내 계속 온다면 우울증 환자에게 큰 타격이 될 수 있어 조심해야 했습니다.

날이 흐려 줄어든 일조량을 보상할 방법은 마땅치 않아서 어두운 조명을 밝은 것으로 대체하고 따뜻한 느낌의 할로겐 조명을 추가로 설치해 항상 켜 놓고 생활했습니다. 집안 조명을 밝게 해도 날 좋은 때 햇빛에는 비할 수 없어 추가로 '광치료기'도 구입해 사용해 봤습니다.

광치료기는 특정 파장대 빛을 강하게 쪼여서 부족한 햇빛을 대신하는 기계입니다. 배터리로 구동되는 손바닥만 한 것에서 커다란 것까지 여러 제품을 구입해서 집안 곳곳에 비치해 놓고 1년 정도 꾸준히 사용해 봤지만 통증 감소나 각성 같이 뚜렷한 효과를 보지는 못했습니다. 다만 수면이 조금 개선되는 것을 느꼈는데 종일 기운이 없다가 잠자리에 들 때 말똥말똥 해지는 현상이 완화돼 어느 정도 리듬을 되찾는 데 도움이 됐습니다.

질 좋은 수면을 위한 전쟁

우울증과 수면은 밀접한 관계가 있습니다. 특히, 중증 우울증 환자는 수면의 질이 떨어지면 우울감이 강해지고 불안감이 증폭돼 병의 진행에 직접적인 영향을 줍니다. 건강을 유지하는 세 가지 축을 섭식, 운동, 수면이라고 한다면 우울증 환자는 세 가지 중 어느 하나도 탄탄한 것이 없다고 할 수 있지만 수면이 가장 좋지 않은 경우가 많습니다.

잠을 제대로 못 자니까 입맛이 없고, 소화도 잘 안되고, 기운이 없으니까 운동도 못하는 식인데 컨디션이 좋지 않으니 잠자리에 들기 어렵고, 자도 금방 깨서 악순환이 됩니다. 무너진 수면이 만성이 되면 급속도로 건강이 악화되는데, 아내는 잠을 자도 회복이 되지 않고 오히려 자다 깨다 밤잠을 설치는 게 힘들어 자는 게 무서울 지경이었습니다. 저 역시 아이들 키우면서 밤잠이 점점 줄어서 아내와 비슷한 문제를 겪고 있어, 아무래도 수면 문제를 해결하지 않으면 우울증이 나아져도 재발을 피할 수 없을 거라는 생각이 들었습니다.

수면의 질이 떨어지는 데에는 여러 원인이 있지만 저희 부부는 근육통이나 어깨 결림, 두통이 만성이라 자기 전까지 통증을 참느라 기력이 다해 있었고, 지쳐서 쓰러져 자는 게 아니라 통증을 다스리며 눈만 감고 있는 상태였습니다. 몸이 불편하니까 잘 때는 자연스레 한쪽으로 돌아누워서 자는데, 이렇게 자면 눌린 부위가 멍든 것처럼 아프고 고개도 뻣뻣해져서 딱딱한 바닥에서 잘 수가 없었습니다. 그렇다고 침대에서 자면 허리가 꺼진 것 같이 불편해 어디에서도 푹 잘 수 없어서 괴로웠습니다.

한참 운동하고 나서 깨달았지만 등과 허리 근육이 퇴화하다시피 없어진 상태라서 몸을 스스로 지탱하지 못하는 것이었는데 이때는 운동 시작 전이라서 왜 잠을 자도 피곤하고 통증이 심해지는지 알지 못해 더 힘들었습니다.

우선 침실을 안락하게 꾸미기로 마음먹고 이것저것 바꿨습니다. 푹신한 침구와 침구류로 교체했는데 특정 브랜드 제품을 사용하니 옆으로 누워서 자도 배기는 곳이 없고 확 꺼지지 않아서 허리가 아프지 않았습니다. 저는 말라서 그런지 큰 효과가 없었는데 아내는 한결 나아졌다고 해서 내친김에 베개도 이것저것 바꿨습니다.

죽부인같이 생긴 기다란 베개나 웨지형 베개 등 좋다는 건 모두 사서 써보고 아닌 거 같으면 다른 걸 또 사는 식으로 몸에 맞는 걸 찾았습니다. 긴 베개는 보디 필로우라고 해서 길이가 사람 키만 했는데, 원래 산모를 위해 나온 제품으로 옆으로 누워서 잘 때 다리를 걸쳐서 하중을 분산해 주는 역할을 했습니다. 돌아누워 자는 저희 부부에게 꽤나 도움이 돼서 한동안은 잠을 편하게 잤습니다. 웨지형 베개는 삼각형(Δ) 모양으로 기대서 잘 수 있는 제품이었는데, 머리를 들어 올려서 숨쉬기 편해지고 옆으로 누워 자는 경우에도 도움이 됐습니다. 웨지형은 허리가 조금 부담 돼서 항상 쓰는 것은 아니었고 목이나 어깨 통증이 심할 때 요긴하게 사용했습니다. 머리맡에 다양하게 베개를 두고 컨디션에 맞춰 사용하다가 이도 저도 안되는 날은 그냥 수건을 몇 장 겹쳐서 바닥에 깔고 머리 위치를 아주 낮게 해서 잤는데 두통이 심하거나 열이 날 때는 베개보다 편했습니다.

조명도 은은하게 하고 암막 커튼으로 아주 어둡게도 해보고 여러 가지로 차이를 줘봤지만 큰 효과는 없었습니다. 의외로 가장 크게 효과를 본 게 전기장판입니다. 따뜻하게 자는 게 가장 큰 도움이 돼서 컨디션이 안 좋고 두통도 있어서 자고 싶은 생각이 하나도 없다가도 전기장판을 켜고 5분 정도 이불을 덮어 놓으면 뜨끈함이 올라 얼른 들어가서 자고 싶은 생각이 들었습니다.

자세가 어떻든, 베개를 뭘로 하든, 따뜻한 이불 속에서 다리를 쭉 펴면 훨씬 잠에 빨리 들고 깨는 횟수가 줄었습니다. 아내도 효과를 충분히 봐서 지금 저희 집은 온 식구가 싱글사이즈 전기장판을 하나씩 사용하고 있습니다. 가격도 크게 부담이 없어 아주 만족스러웠습니다.

다음으로 효과를 본 것이 안마의자입니다. 아내 통증 부위에 사용하면 좋을 것 같아서 구입했습니다. 안마의자에는 발바닥과 발볼을 쥐어짜듯 안마해 주는 기능이 있었는데, 자기 전에 이 기능을 써서 발 마사지를 하고 자면 잠이 잘 오는 효과가 있었습니다. 안마의자에 있는 온열 기능으로 발과 전신을 따뜻하게 데우면 효과가 더 좋았습니다. 전기장판과 마찬가지 효과를 내는 것 같았는데 처음에는 비싸다고 반대했던 아내도 안마의자에만 앉으면 금방 잠이 들 정도로 효과가 확실하니까 점점 더 자주 사용해서 들인 돈이 아깝지 않았습니다.

아내가 안마의자를 쓰는 걸 보니까 그냥 앉아있기만 하면 심심할 것 같아 주변을 꾸미기 시작했습니다. 우선은 앉아있을 때 TV를 볼 수 있으면 좋겠다고 생각했는데 안마의자가 거의 침대처럼 젖혀지며 각도가 변해 일반적인 TV로는 편하게 보기 어려웠습니다. 마침 스탠드형 이동식 TV가 출시돼 안마의자 앞에 놓으니 누운 자세에서도 화면을 기울일 수 있어서 좋았습니다. TV를 볼 수 있으니 아내가 특별한 일이 없어도 안마의자에 앉아서 쉬기 시작했는데, 불편한 곳에 안마 기능을 쓰기도 하고 그냥 앉아서 TV를 보거나 책을 읽었습니다. 따뜻하니까 부드럽고 편해서 앉은 채로 잠이 들기도 해서 사길 정말 잘했다고 좋아했습니다.

매일 컨디션이 다른 것처럼 수면도 그날그날 차이가 심했는데 아내는 날씨가 궂은 날이면 심한 불면증으로 새벽 6시까지 잠들지 못했습니다. 멍하니 앉아서 아침 해가 뜨는 걸 보고 있는데 머리도 아프고 멍해서 힘들다고 했습니다. 이렇게 힘든 날도 금방 잘 수 있는 방법이 없을까 고민하다 한 가지 방법을 찾았는데 길어도 30분 정도면 잘 수 있었습니다.

조금 창피하지만 식구들 틈에 끼어서 자는 것입니다. 자고 있는 아이들 옆에 손을 잡고 누우면 애들 손이 따뜻하고 말랑말랑한 것이 기분이 좋아서 금방 잘 수 있었습니다. 아내랑 저까지 종종 네 식구가 복작거리며 자려니 불편할 수밖에 없는데도 이상하게 더 쉽게 잠들고 자고 나서도 개운했습니다. 심리적으로 안정되는 것이 질 좋은 수면에 중요한 요소라는 생각이 듭니다.

건강한 하루의 시작을 위한 아침 의식

꼭 잠을 잘 자야 한다는 생각을 바꿔서 밤에 잠을 잘 못 자도 일정한 시간에 일어나서 체내 리듬을 잡기로 했습니다. 부부 중 먼저 깬 사람이 상대를 깨워주고 바로 체중과 체지방을 재고 씻고 영양제 준비해서 아침 먹고 운동하는 식으로 수면·기상·건강 관리를 습관화했습니다. 나중에 알고 보니 이런 것을 아침 의식(Morning rituals)이라고 해서 많은 사람들이 시도하고 있었는데, 커피를 마신다든가 책을 읽는 것처럼 정서적인 행위를 더하는 경우도 있어서 흥미로웠습니다.

매일 수면의 질이 같지 않아도 일어나는 시간을 일정하게 훈련하니까 점차 리듬이 생겨서 일어나는 것이 수월해졌습니다. 전에는 일어나서 컨디션이 안 좋으면 '건강에 문제 있는 것 아닐까?'라는 건강염려증이 발동했는데 일어나자마자 체중을 재며 수치로 건강 상태를 파악하니 걱정이 줄고 구체적으로 뭘 해야 할지 알 수 있었습니다.

체중계에 체지방이 함께 나와 지방이 빠지고 근육이 붙었다면 기쁜 마음으로, 거꾸로 군살이 늘어났다면 오늘은 조금이라도 건강해지자는 다짐으로 하루를 시작했습니다. 그렇게 매일 열심히 체중을 재니까 수치로도 건강이 개선되는 것이 보여서 혹 잠을 잘 못 자도 잠에 대한 고민이 많이 줄었습니다.

체중을 재고 난 다음에는 곧바로 뜨거운 물로 샤워하면서 아침에 먹을 것과 어떤 운동을 할지 정했는데, 체중이 많이 늘어난 날은 가볍게 계란을 먹고, 체중이 빠진 날은 밥도 한 숟가락 먹는 식으로 변화를 줬습니다. 체수분 수치가 낮은 날은 몸이 탈수 상태라 생각하고 스트레칭이나 워밍업 시간을 늘리고 카페인 없는 음료를 마셨는데 금세 몸이 좋아지는 느낌이 들었습니다. 막연하기만 했던 건강관리에서 벗어나 측정 수치와 기록을 보면서 하니까 꾸준히 하는 데 동기부여도 되고 재미도 있었습니다.

운동은 처음에는 서툴러서 하는 시늉만 내고 출근했지만 점차 능숙해졌습니다. 시작은 매일 2km 걷기였는데 시간도 오래 걸리고 힘들었지만 두 달쯤 되니 출근 준비와 병행해서 할 수 있었습니다. 턱걸이도 1개를 겨우 하는 수준에서 매일 연습해 한 번에 10개씩 하고 출근했는데, 10분이 안되는 시간에 워밍업과 쿨다운까지 마칠 수 있었습니다. 아내도 제가 하는 것을 보고 따라 하기 시작했는데 맨몸으로는 턱걸이를 할 수 없어서 보조 밴드를 이용했습니다. 처음에는 장력이 아주 강한 초보용 밴드를 다리에 걸고 턱걸이를 했는데 3개월 정도 계속하니까 중간 장력의 초록색 밴드를 걸고 꾸준히 개수를 늘려서 나중에는 5개까지 할 수 있었습니다.

아내는 턱걸이를 많이 하지는 못해도 매달리기는 아주 잘했는데 익숙해지니까 1분 정도를 매달려서 버틸 수 있었습니다. 턱걸이랑 매달리기를 하고 나면 어깨 결림이 없어지고 두통도 줄어 아내가 아주 좋아했는데 나중에는 아이들에게도 가르쳐 주며 뿌듯해했습니다.

같이 아침 운동을 한 지 4년 차에 수영을 시작했는데 둘이서 차를 타고 수영장까지 가서 수영하고 아내를 다시 집에 바래다 주고 출근했습니다. 아침에 일어나 같이 수영하며 출근할 때까지 매일 두 시간씩 얼굴 보며 이야기를 하니 아내가 무슨 고민을 하는지, 어떤 생각을 하는지도 알겠고 대화도 잘 통해서 우울증 대응에도 좋았습니다.

그렇게 매일 턱걸이와 수영까지 하니 잠을 좀 못 자도 아주 건강한 상태를 유지할 수 있었습니다. 수면 시간도 조금씩 늘어 전보다 1시간가량 더 잘 수 있었고, 아침에 정해진 시간에 일어나는 것도 한결 수월했습니다.

익숙해지니 힘도 덜 들어서 7년 가까이 지속하고 있는데 삶이 규칙적으로 바뀌니까 리듬도 생기고 기분도 좋아져서 즐거운 마음으로 계속하고 있습니다. 현재까지 유지하고 있는 아침 의식을 정리하면 아래와 같습니다.

<현재까지 하고 있는 아침 의식>

일정 시각에 기상

- 전날 언제 잠자리에 들었고, 얼마나 잤는지 상관없이 같은 시

각에 일어나려고 노력합니다.

- 잘 못 잔 날은 일어나기 힘들지만 꾸준히 계속하면 리듬이 생겨 수면의 질도 상승합니다.

이불 개기

- 널브러진 이불을 깔끔하게 접어서 침대에 올립니다.
- 깨끗한 이불을 보면 기분이 상쾌해 아이들 이불도 일부러 갤 정도로 아침에 꼭 하고 있습니다.

체중과 체지방 측정

- 매일 똑같은 시간에 공복 상태로 측정합니다. 처음에는 수치가 널뛰지만 몇 년째 아침 의식을 지키다 보니 거의 수치가 변하지 않습니다.
- 과로나 과음을 하면 체수분이 줄어 탈수 상태로 나오고, 폭식하면 체지방이 크게 증가해 현재 몸 상태를 쉽게 파악할 수 있습니다.
- BMI는 20 정도, 체지방은 12~15%(40대 남성 평균 23.7%), 근육량은 체중 대비 47~50% 수준을 유지하는 것을 목표로 합니다.
- 아내는 BMI 22, 체지방 25-28%(40대 여성 평균 30.3%), 근육량은 체중 대비 40% 수준을 유지하는 것을 목표로 합니다.

- 블루투스 체중계를 사용하면 전날에 비해 얼마나 늘고 줄었는지 앱에 자동으로 기록돼 경향 파악에 용이합니다.
- 일부 기기는 내장지방 수치를 보여주는데 1~3 사이 유지를 목표로 합니다.

뜨거운 물로 샤워

- 샤워를 마치면 혈압도 상승하고 심박수도 올라 마치 가벼운 운동을 한 것 같은 효과를 볼 수 있습니다.
- 몸 상태나 체중과 체지방 상태를 고려해 아침 식사로 뭘 먹을지, 어떤 운동을 할지 결정합니다.
- 따뜻한 물로 몸을 풀어주고 이곳저곳 뭉친 데는 없는지 살피면서 이후 할 운동을 위한 사전 준비를 합니다.

아침 식사

- 계란이나 고기 등 고단백 식단 위주로 식사합니다.
- 전날에 비해 체지방이 늘어난 날은 지방이 적은 메뉴로 가볍게 먹고, 체지방이 빠진 날은 근손실을 막기 위해 지방과 탄수화물도 추가해서 든든하게 먹습니다.
- 초기에는 잠에서 빨리 깨려고 커피를 마셨는데 두통 때문에 디카페인으로 바꿨다가 이제는 아예 마시지 않습니다.

영양제 복용

- 보통 식사를 마치고 복용하는데 한 움큼 정도 되는 양을 제로 콜라나 무설탕 음료와 함께 섭취합니다. 매일 10~20알 정도로 구성되는데 비타민 B·D, L-테아닌, 오메가3 등을 기본으로 조금씩 변화를 줍니다.
- 효과를 극대화하려면 하루에 2~3회로 나눠 먹거나 공복에 먹는 것이 좋은 영양제도 있지만, 점심과 저녁으로 나눠 먹는 것이 번거롭고 잊어버리는 일이 잦아 아침 식사 이후에 먹는 것으로 습관화했습니다.

턱걸이+워밍업

- 집에 있는 철봉을 이용해 와이드 그립으로 어깨너비보다 넓게 손을 말아 쥐고 올라갈 때는 폭발적으로, 내려올 때는 3초 정도 걸리게 천천히 내려오는 식으로 10회씩, 2번 반복합니다.
- 아내는 턱걸이를 어려워해서 보조 밴드를 사용해서 3~5회, 1세트 하는데, 어깨 통증이 심한 날은 턱걸이 대신 매달리기를 1분 정도 합니다.
- 철봉을 여러 가지 구비해서 팔을 고개 뒤로 넘기기도 하고 손가락을 1개 들고 하는 식으로 변화를 줘 다양한 부위를 골고루 발달시킬 수 있습니다.
- 턱걸이 운동 하나만으로도 상체 발달은 충분할 정도로 효과

가 좋습니다. 다리를 들어 올려서 L자 모양으로 턱걸이를 하면 하체 운동도 가능합니다.

- 첫 5년 정도는 목이나 등에 부상이 자주 왔는데 목봉을 이용한 스트레칭을 앞뒤로 3분 정도 하면서 2년 이상 부상 없이 매일 턱걸이를 하고 있습니다. 총 시간을 다 합쳐도 10분을 넘기지 않아서 효율이 아주 좋습니다.

수영

- 시간은 짧지만 마치 전력 달리기를 한 것처럼 온몸 근육을 사용해 운동 효과가 뛰어납니다. 최대 심박수 3~5분 이상을 쉽게 달성할 수 있으며 효과가 종일 지속됩니다.
- 물의 저항을 이용해 운동 강도를 쉽게 조절할 수 있습니다. 달리기와 유사하지만 부상 우려가 적습니다. 감량을 원한다면 천천히 오래 반복하고, 근력 발달이 목적이라면 전력을 다해 스피드를 내면 됩니다(i.e 스마트워치로 목표 심박수를 체크하며 진행).
- 아내가 가장 좋아하는 운동으로 우울증에도 큰 효과가 있는 것 같습니다. 1년 정도 계속하니 호흡이 편안해지고 몸에 균형이 생긴 것을 느낄 수 있었습니다.

식물에 물 주기

- 수경재배 키트에 허브나 상추, 꽃을 심어 키우는데 물을 주고 시든 부위가 있으면 2~3군데 가위로 잘라주는 등 아침마다 조금씩 돌보고 출근했습니다. 사서 먹는 것보다 몇 배는 비싸 경제적으로는 의미 없지만, 무언가를 키운다는 점에서 정서적 안정감이 생기는 특별한 경험입니다.
- 자동으로 LED가 점등되는 제품을 사용하면 식물 생장이 빠르고 병충해에도 강해서 관리 스트레스가 없습니다.
- 아내도 흥미를 느껴서 고수나 메리골드 꽃같이 평소에 접하기 어려운 작물을 심고 키우기 시작했습니다. 씨앗을 심으며 싹트기를 기다릴 때는 적잖이 흥분도 되고 기대감에 하루하루가 재밌는데 우울증에도 긍정적인 자극을 주는 것 같습니다.
- 직접 키우는 것이 좀 번거로우면 가게에서 파는 꽃을 사다 꽃병에 꽂아 두고 지켜보는 것도 효과가 좋습니다.

청소

- 운동하는 중간에 눈에 보이는 것들을 치우고 정리합니다. 핸디형 진공청소기로 머리카락이나 아이들 책상에 지우개 가루를 빨아들이는 정도지만 깨끗해진 집을 보면 굉장히 기분이 좋아집니다.

우울증에 대해 아이들에게 어떻게 알려줘야 할까?

우울증이 심하면 집에만 있게 돼 아이와 24시간 함께 생활하게 됩니다. 병의 진행이 빠르면 아무래도 아이에게 소홀해질 수밖에 없는데 아이가 어릴수록 이런 변화에 충격을 받을 수 있습니다. 어떻게 해야 할지 몰라 방치하면 자칫 큰 문제로 발전할 수 있습니다. 이런 상황은 아내도 마찬가지여서 아이들에게 우울증에 대해 알려주는 것이 맞을지 아니면 숨겨야 할지 고민을 많이 했습니다.

아이들에게 엄마가 병에 걸렸다고 하면 겁먹고 놀랄 수 있고 다른 사람에게 얘기할 수도 있어서 걱정이 됐고, 우울증 걸린 것을 숨기자니 엄마가 왜 놀아주지 않는지, 왜 전처럼 얘기를 들어주지 않는지, 갑작스러운 변화를 설명할 수 없어 아이들이 오해를 할 수도 있기 때문이었습니다.

어떤 것이 정답인지는 가족 구성원 성격과 상황에 따라 다르겠지만 저희 부부는 진단받고 얼마 지나지 않아 아이들에게 우울증에 대해 오픈했습니다. 아내가 발병했을 때 큰 애가 8살, 작은 애는 4살로 아직 많이 어렸지만 엄마가 어떤 병에 걸렸는지, 앞으로 어떤 변화가 있을지 알려줬습니다.

아이가 궁금해하는 것이 있으면 성심성의껏 설명해 줬는데 긴급한 상황이 생겨 바로 설명해 줄 수 없을 때는 “돌아와서 설명해 줄게.” 혹은 “아빠도 지금은 잘 몰라서 알게 되면 바로 얘기해줄 테니까 조금만 기다려줄래?"라고 말했습니다. 결론적으로 이 방법이 잘 통해 아이들이 무슨 일인지 걱정하거나 지레짐작해서 겁먹는 일 없이 치료에 집중할 수 있었습니다.

<아이들에게 우울증에 대해 알려줄 때 해주면 좋은 이야기들>

"엄마는 여전히 너희들을 사랑한단다."

- 엄마가 놀아주거나 챙겨주지 못하는 건 사랑하지 않아서가 아니라 아파서 그런 것이라고 설명합니다.
- 상황이 변한 것은 우울증이라는 병 때문이지 아이들이 무언가 잘못했기 때문이 아니라는 것을 알려줍니다.
- 상황을 알려주지 않으면 아이들이 주눅 들거나 지레짐작해서 자책할 수도 있고 투병이 길어질 가능성도 있어 좋은 타이밍을 골라 자연스럽게 설명하는 것이 좋습니다.

"엄마가 아픈 것 말고는 전하고 똑같아."

- 엄마가 아프니까 잘 해 드려야 되지만 아빠한테는 전처럼 똑같이 응석 부리고 장난쳐도 된다고 이야기합니다.
- 엄마 돌보느라 아빠가 전보다 집에 일찍 올 거라고 희망적인 얘기를 합니다.

- 배가 고프거나 먹고 싶은 것이 있는지 눈치껏 챙기고 학교 준비물, 숙제, 어린이집 등원 등 기존과 똑같은 일상을 보낼 수 있도록 아이들을 챙깁니다.

"겁나고 걱정되는 건 당연한 거야."

- 착한 아이가 돼야 한다든가 걱정하지 말라고 말하지 않습니다. 걱정되고 겁이 나는 게 자연스럽고 당연한 거라고 말해 줍니다.
- 엄마를 도와야 한다는 등의 부담 주는 말은 하지 않습니다.
- 아이들이 어떤 생각을 해도 있는 그대로 인정하려고 노력합니다.

착한 아이가 돼야 엄마가 낫는다든가, 엄마 말을 잘 들어야 한다는 등의 얘기는 하지 않았습니다. 아이가 부담을 느낄 수 있는 것도 문제지만 자칫 잘못하면 '내가 나쁜 아이라 엄마가 아프구나.'라고 자책할 수 있기 때문입니다.

실제로도 아이가 엄마 말을 잘 듣는다고 우울증이 낫는 것도 아닙니다. 우울증은 복잡한 병이어서 만약 아이들이 엄마 눈치를 보고 아픈 엄마라서 말을 잘 듣는다면 우울증에 걸린 엄마는 '내가 아파서 아이들이 주눅 들고 내 눈치를 보는구나. 나는 쓸모없는 사람이야.'라는 식으로 자기혐오를 강화할 수도 있습니다. 병이 중할 때는 이런 것들이 환자 마음에 상처가 돼 자살 충동으로 이어지니 아이들에게 말 잘 들으라고 괜한 부담을 안겨줄 필요가 없습니다.

아이들에게 상황을 알려주고 괜찮다고 안심시켜주면 아이들도 부모를 도우려고 합니다. 아이가 가족의 일원으로 대우받고 있다고 느껴 무엇을 해야 할지 스스로 생각하고 최선을 다하는 것입니다. 공부를 잘하는 아이라면 알아서 숙제를 하고 시험에서 좋은 성적을 받아 엄마를 기쁘게 하려고 하고, 정리 정돈을 잘하는 아이는 자기방을 치우고 정리하면 엄마가 좋아하겠지 하면서 이런저런 궁리를 합니다.

그렇게 아이들이 진심으로 엄마에게 도움이 되고 싶어 하니 아내도 힘을 냈습니다. 전에는 자포자기하는 심정이었다면 '내가 낫기만 하면 아이들하고 얼마든지 행복하게 지낼 수 있다.'라는 생각을 했습니다. 아이들 덕분에 살아야 하는 이유를 찾은 것입니다.

우울증 속에서 아이들과 긍정적인 관계 형성하는 법

아이들에게는 아무렇지 않은 척했지만 실생활에 어려운 점이 많았습니다. 등하교 준비부터 옷 입히는 것, 공부 봐주는 것, 먹이고 씻기고 재우는 것까지 모든 것이 낯설고 어려워서 아무래도 아내 건강할 때에 비해 부족한 게 많았습니다. 시리얼에 우유

부어서 아침식사로 줄 때가 많았고 배달 음식도 자주 먹었습니다. 다른 집처럼 일찍 재우지 못하고 늦게까지 깨 있다 보니 아침에 등교할 때는 늘 서두르느라 정신이 없었습니다.

아이들 초등학교 숙제로 주말이나 연휴에 한 일을 일기로 쓰는 게 있었는데, 집에만 있으니 일기로 쓸 게 없어서 집 앞 공원을 다녀오거나 당일치기 나들이를 가는 식으로 이런저런 꾀를 냈지만 아내 병이 깊을 땐 이마저도 불가능해 그냥 집에 있을 때가 많았습니다.

멀리 여행은 못 가도 분위기는 내보자는 생각에 전자액자를 사서 집 여기저기에 설치했습니다. 아내 아프기 전에 찍은 가족 사진들을 나오게 했더니 아이들이 엄마 아빠랑 여행한 기억이 나고 자기 어릴 적 사진이 나온다고 좋아했습니다.

집에 오래 있을 때도 즐거운 시간을 보낼 수 있도록 영화, 게임, 음악 감상은 자유롭게 하게 했습니다. 태블릿 PC나 컴퓨터 장비도 아낌없이 사줬는데 억제하지 않아서 그런지 중독되거나 집착하는 일은 없었고, 또래 아이들보다 기기를 훨씬 잘 다루는 등 긍정적인 면이 많았습니다.

<우울증 속에서 아이들과 잘 지내는 방법>

질책하지 않기

- 안 그래도 대화가 부족한데 “숙제는 했니?”, “오늘 시험은 잘 봤니?” 같은 얘기만 하면 아이들이 질려 합니다.

같은 얘기를 해도 긍정적으로 표현함

- “시험공부 열심히 해야 된다.”(X) / “이번에 시험 끝나면 우리 고기 먹으러 가자.”(O)
- “오늘 잠 자기 전에 그 숙제 다 끝내.”(X) / “저녁 먹고 나면 아빠랑 같이 숙제하자.”(O)

1) 같이 즐거운 시간을 보내기

아이들은 시간 들여 관심을 가져주고 곁에 있을 때 본능적으로 사랑받고 있다고 느낍니다. 바쁘다는 핑계로 말로만 사랑한다고 할 게 아니라 일을 줄이고 잠을 아껴서 아이들과 함께 즐거운 추억을 만드는 것이 훨씬 좋습니다.

한적한 곳에 가서 아내는 그늘에서 쉬고 아이들과 시간을 자주 보냈는데 안성 팜랜드 같은 곳이 놀이 기구도 있고 동물 먹이 주기 체험을 할 수 있어서 좋았습니다. 겨울에는 빙어 잡이 체험을 작은 애가 너무 좋아해 매주 다녀올 정도였습니다.

온 가족이 다 같이 여행은 못 가도 아이들을 데리고 가까운 곳으로 나들이를 자주 갔습니다. 도심에 있는 아쿠아리움 같은 곳이 볼거리도 많고 각종 공연도 해 아이들에게 제격이었습니다. 특히, 잠실 롯데 아쿠아리움은 저녁 10~11시까지 운영해 늦게 퇴근한 날에도 다녀올 수 있어 좋았습니다.

2) 아이가 좋아하는 것을 비판하지 않기

게임을 하는 등 태블릿 PC를 오래 사용해도 나무라지 않았습니다. "아빠가 게임 만드는 사람인데 게임이랑 컴퓨터 열심히 해봐. 아빠는 게임 잘 하는 어린이가 멋있더라."라고 얘기했습니다.

하지 말라고 할 때 더 집착하고 맘껏 하라고 응원해 주니까 오히려 하고 싶은 마음이 조절됐습니다.

또래 아이들에 비해 컴퓨터를 잘 다루고 정보력이 좋아 수행평가나 조별 과제를 같이 하자는 친구들이 많습니다.

보고 싶은 영화나 읽고 싶은 책, 듣고 싶은 노래나 공연에 대해 아낌없이 지원하고 같이 보러 갔습니다. 연말 콘서트에 다녀오면 1~2년 동안 두고두고 이야기할 정도로 즐거운 추억이 됐습니다.

그렇게 우울증과 싸우며 7년이 지난 지금, 큰 애가 중학교 2학년, 작은 애는 초등학교 4학년이 됐습니다. 또래 아이들보다 의젓하고 특별히 해준 것도 없는데 열심히 공부해서 학교 성적도 좋고 친구들과도 잘 지냅니다. 겉으로 내색은 안 해도 힘든 시간이 있었을 텐데 어쩌면 엄마의 우울증을 함께 겪으며 일찍 철이 든 것인지도 모르겠습니다.

8장

우울증 환자에게 하지 말아야 할 말과 행동

하루하루 환자 상태가 요동쳐 전에는 괜찮았던 말도
전혀 다른 결과를 초래할 수 있다는 점을
고려해야 합니다.

08

우울증 환자에게 하지 말아야 할 말과 행동

우울증에 걸린 사람은 심리적으로는 무기력증, 불안감, 자살 충동 등 여러 고민을 안고 있고, 신체적으로도 원인 불명의 통증을 겪어 정도가 심하면 하루 24시간 지옥 같은 고통을 견뎌야 합니다. 연구에 따라 다르지만 신체 통증을 동반하는 경우가 40~90%로 굉장히 많아 기분만이 아니라 실제로 아픈 사람이라고 봐야 합니다. 병으로 고통스러워하는 사람에게는 위로나 동정보다 치료와 지원이 필요한데, 우울증은 겉으로 보이는 상처가 없어 많은 사람들이 기분 전환을 해보라는 식의 말을 하곤 합니다.

많은 경우 환자에게 생각을 바꿔보라는 식으로 이야기를 하는데 저희 아내도 "언니가 뭐가 부족해서 우울증이 왔어?", "아이들 생각해서 기운 내야지."라는 이야기를 가장 많이 들었습니다. 사람이 아프다고 하니 본능적으로 도우려는 생각이 드는데 우울증 환자는 외관상 다친 곳도 없고 전혀 문제가 없어 보이니 심리적인 개선으로 나을 수 있지 않을까 생각하는 것입니다. 그런데 우울증도 뼈가 부러진 것처럼 외상이 생긴 것과 크게 다르지 않습니다. 피가 철철 나는 사람에게 아이들 생각해서 기운 내라는 이야기를 한다고 낫지 않는 것처럼 우울증 환자에게도 이런 식의 접근은 도움이 되지 않습니다.

상처가 나도 경증이면 응급처치로 회복되지만 중상을 입으면 죽음에 이르듯이, 우울증도 얼마나 중증인지 파악하고 적절한 치료를 해야 나을 수 있습니다. 중증 우울증은 치명상을 입었다고 생각하면 이해가 빠릅니다. 아파서 정신없는 사람에게 괜찮냐고 아무리 얘기해도 들리지 않는 것처럼 우울증이 심한 사람은 치료가 우선이고 타이밍을 놓치면 증세가 만성화돼 치료가 어렵게 됩니다.

더 나아가서 우울증으로 아픈 사람에게는 좋은 말들도 안 좋게 들릴 수 있는데, 건강할 때 힘내라고 껴안아 주면 도움이 되지만 갈비뼈가 부러졌을 때 껴안으면 아픈 것과 같습니다. 조언을 할 때는 아무리 듣기 좋은 말도 조심해야 합니다. 하루하루 환자 상태가 요동쳐 전에는 괜찮았던 말도 전혀 다른 결과를 초래할 수 있다는 점을 고려해야 합니다.

한번은 아내 치료가 효과가 있는 것 같아 반가운 마음에 "이렇게 효과가 좋으니 좀 있으면 나을 것 같다."라는 얘기를 한 적이 있는데 아내가 부담감에 힘들어했습니다. 환자 본인은 치료 효과가 크다고 느껴지지 않아 갈 길이 멀기만 한데 제가 기대하는 것이 부담이 된 것입니다.

우울증은 무기력하고 처지는 병이라 "힘내라.", "기운 내라." 같은 응원은 하지 않는 것이 좋습니다. 허리디스크 환자에게 "허리에 힘줘라.", "허리 좀 펴고 다녀라."라고 이야기하는 것과 마찬가지입니다. 좋은 뜻으로 힘내라고 한 얘기지만 우울증에 걸린 상태에서는 기운 내는 것이 가장 어려운 일이라 환자가 스스로를 책망하게 될 수 있고 중증 우울증 환자는 자살 충동으로 이어질 수 있어 절대 피해야 합니다.

환자 본인 역시 고통스러운 상태라 가시 돋친 말을 하기 쉽고 서로 오해가 쌓여 인간관계 유지가 힘듭니다. 친구가 점점 줄어들고 배우자나 가족과도 거리가 멀어지게 되는데, 환자를 비난하는 대신 우울증 증상으로 이해하고 포용해야 합니다.

기본적으로는 말보다 행동을 우선하고, 대화를 할 때는 말하는 것보다 들어주는 것이 좋습니다. 이야기를 할 때에는 단어와 표현을 세심하게 골라 반응을 살피며 부드럽게 하고 한 번에 모든 이야기를 하는 것보다 조금씩 대화를 이어 나가는 게 더 좋습니다. 다만 이렇게 대화 방식을 바꿔도 사람마다 받아들이는 정도가 다르고 병의 진행에 따라 양상이 변해 많은 노력과 수고가 요구됩니다.

좋은 말도 소음으로 들린다

소음은 스트레스의 주범입니다. 층간 소음을 좋아하는 사람이 없듯이 시끄러운 소리를 계속 들으면 신경질적이 되고 안절부절못하게 됩니다. 건강한 사람도 소음을 피하려고 해 노이즈 캔슬링 헤드폰 같은 전자기기가 불티나게 팔리니 소음으로 인한 스트레스가 상당하다는 것은 말할 필요가 없습니다.

우울증 환자는 한층 더 예민해서 작은 소리에도 놀라고 스트레스를 심하게 받는데 통증에 민감해지는 것과 비슷합니다. 아내는 컨디션이 안 좋을 때면 소음에 더욱 취약해져서 좁고 사람 많은 장소에 가는 것을 꺼려 했습니다. 이명과 유사한 증상이 와서 웅웅거리고 없는 소리도 들리는 것 같아 마치 시끄러운 공사판 한가운데에 있는 것처럼 힘들어했습니다. 이런 상태에서는 아무리 좋은 말을 해도 제대로 들리지 않아 뭐라고 하는지도 헷갈려서 듣는 행위 자체가 스트레스가 됩니다.

말하는 사람은 별 의미 없이 한 이야기인데 듣는 입장에서는 시끄럽게 들려 괜히 화를 내는 것 같고 비난하는 것 같아 심란해집니다. 말이 길어지면 귀에서 울려서 이해하기도 버겁고, 겨우 대답하면 또 엄청 길게 대답이 돌아오니 말하기도 싫어지고 답답하고 화가 납니다.

중증인 경우, 모든 말이 소음으로 들리므로 말을 할 때는 스무 고개하듯 길게 하지 말고 의미를 분명하게 해서 짧게 하면 좋습니다. 의견이나 의향을 물어볼 때도 이것저것 떠보지 말고 몇 가지 선택지를 제시하거나 좋아하는 것을 위주로 고를 수 있게 하면 좋습니다.

<우울증 환자에게 좋지 않은 화법과 바람직한 화법 예시>

떠보듯이 애매하게 묻기보다 예를 들거나 선택지 제시

- 예) "점심에 외식하러 나갈까?"(X)

→ "오늘 날씨가 좋은데 카페에서 브런치 먹을까?"(O)

질문하듯 의견을 얘기하지 말고 확실하게 의사 표현하기

- 예) "이번에 받아온 약은 효과가 없는 것 같은데 괜찮을까?"(X)

→ "이번 약은 효과가 약한 것 같으니까 다음 번 진료 때 바꿔보자."(O)

함께 하자, 같이 해보자는 표현 사용

- 예) "오늘 시간 나면 운동 좀 해."(X)

→ "오늘 일찍 퇴근할 테니까 같이 동네 한 바퀴 걷자."(O)

불안 섞인 말 대신 긍정적이고 희망적인 표현 사용

- 예) "약물 치료가 효과가 없는 것 같은데 어쩌지?"(X)

→ "약물 치료 효과가 늦게 나타나는 것 같으니까 비약물 치료도 같이 해보자."(O)

불안감에 내뱉는 말에 흔들리지 않기

- 예) 환자 : "이렇게 살아서 무슨 의미가 있나 싶어." / 배우자 : "그런 말 하지 마. 나도 힘들어."(X)

→ 배우자 : "내가 옆에서 도와줄 테니까 조금씩 이겨내 보자."(O)

잘 듣고 환자 얘기에 맞장구치고 리액션하기

- 예) 환자 : "우울증에 비타민 D가 효과가 좋대." / "배우자 : 그래?"(X)

→ 배우자 : "들어본 것 같아. 나가서 바로 사 올게."(O)

비언어적인 표정·몸짓·포옹을 적극 활용하기

- 예) 환자 : "오늘은 하루 종일 누워만 있었어." / 배우자: "그러

지 말고 운동도 좀 하고…"(X)
→ 배우자 : "우리 마누라 오늘 너무 힘들었구나(동조). 이리 와, 한번 안아보자(포옹)."(O)

멀리서 얘기하면 알아듣기 어려우니 얼굴을 보며 가까이에서 이야기하되 대화 중에는 제스처를 섞어서 호응하거나 알아듣기 쉽게 그림이나 사진을 놓고 보여줄 수 있으면 더욱 좋습니다. 대화 중 환자가 힘들어하거나 짜증을 내도 일부러 그러는 것이 아니라 병의 특징 중 하나라고 생각하면 도움이 됩니다.

다만 이렇게 신경 써서 이야기할 수 있는 사람은 가족이나 배우자 정도고 오랜만에 만난 친구나 외부 손님까지 이렇게 세심하게 대화해 주길 기대하기는 어렵습니다. 좋은 말도 소음으로 들릴 수 있어 친지 등 방문객이 왔을 때 특히 더 조심해야 합니다. 병에 대한 이해도 없거니와 우울증으로 수척해진 모습을 보면 감정이 동요해서 이말 저말 막 쏟아내기 일쑤입니다. 자칫 잘못하면 말 한마디에 큰 상처를 입고 자살 충동으로 이어질 수 있어서 치명적입니다.

아내가 아프다고 하니 가까운 사람들이 도움을 주려고 찾아왔는데 대부분 비슷한 말을 해서 당분간 오지 말라고 부탁할 정도였습니다. 제가 아내 곁에 있으면 이런 말이 나오는 것을 사전에 차단할 수 있지만 아내가 혼자 있을 때 누군가 찾아오는 일이 잦아 문제가 컸습니다. 가장 많이 들었던 이야기를 꼽자면 아래와 같습니다.

<아내를 힘들게 한 말들>

- "언니가 대체 뭐가 부족해서 우울증에 걸렸어?"
- "애들 봐서 기운 내야지. 애들 보기에 안 좋아."
- "힘들면 나한테라도 말을 하지 그랬어?"
- "언니가 마음을 굳게 먹어야 돼."
- "약을 계속 먹으면 중독되는 거 아니야?"
- "내가 아는 사람도 걸렸는데 금방 나았어. 기운 내."

좋은 뜻으로 하는 말이지만 듣기에 따라서는 병에 걸린 사람을 책망하는 것처럼 느낄 수 있습니다. 우울증은 단순히 우울감이 드는 것이 아니라 기운을 낼 수 없는 병이라 심하면 자기 방에서 화장실에 가는 것조차 어렵습니다. 이런 상황에서 '힘내면 된다.', '마음을 굳게 먹으면 된다.'라고 하면 우울증이 심한 사람은 자신의 나약함이 원인인 것 같아 더욱 비참함을 느낍니다. 우울증 환자 입장에서 어떤 느낌으로 들리는지 적어보면 다음과 같습니다.

"대체 뭐가 부족해서 그래?"

(환자의 해석) → '먹고살 만한 네가 우울증에 걸린 것은 그만큼 마음이 약하기 때문이다.'

(대응 논리) 우울증은 재벌이나 스포츠 스타 등 부유하고 신체 건강한 사람에게도 찾아올 수 있는 병임을 설명합니다. 마음이 약해서 걸렸다는 것은 실제 사실과 다르며 자책하지 말고 치료에 힘써야 한다고 설득합니다.

"애들 생각해야지."

(환자의 해석) → '애들에게 악영향을 주는 부모가 되었으니 이렇게 사는 게 무슨 의미가 있어.'

(대응 논리) 우울증에 걸려도 약물이나 운동 치료로 회복해서 훌륭하게 자녀 양육하는 경우가 많습니다. 우울증을 치료하는 과정에서 가족의 소중함을 깨닫고 더 나은 부모가 될 수 있으니 긍정적으로 생각하고 치료에 집중하도록 돕습니다.

"나한테 얘기하지 그랬어?"

(환자의 해석) → '내가 사회성이 부족해서 혼자 끙끙대다가 병을 키웠구나.'

(대응 논리) 우울증은 TV에 나오는 유명한 사람들도 걸리는

병이고 아무리 인맥이 넓어도 스스로 해결하기 어렵습니다. 사교성이나 사회성이 부족해서 낫지 않는 것이 아니라는 점을 설명합니다.

"마음을 굳게 먹어."

(환자의 해석) → '내가 마음 약하고 노력하지 않아서 병에 걸렸고 낫지 않는 거구나.'

(대응 논리) 우울증에 걸린 사람들 중에는 기업을 운영하는 경영인도 있고 다른 사람에 비해 강인하고 철저한 성격인 사람도 있습니다. 성격이 원인인 것처럼 단정 짓고 자책하지 않도록 설명합니다.

"약 먹으면 중독되는 거 아니야?"

(환자의 해석) → '약을 계속 먹으면 중독돼서 치료돼도 다른 문제가 생길 수 있겠구나.'

(대응 논리) 실제 사실과 다르며 우울증에 주로 처방되는 항우울제는 근육통이나 두통에도 널리 쓰일 정도로 부작용이 없고 장기간 복용해도 중독되지 않는 약임을 설명합니다. 개발된 지 50년 이상 흘러 안정성도 널리 입증됐다는 점을 강조해 안심하고 복용하도록 돕습니다.

"주변에 금방 나은 사람이 있어."

(환자의 해석) → '남들은 쉽게 낫는다는데 나는 이렇게 힘들다니 내가 문제가 많구나.'

(대응 논리) 우울증은 개인차가 커서 치료 방식과 기간에 차이가 많으니 남과 비교하지 말고 치료를 열심히 받는 것이 중요하다고 설명합니다.

글로 적으니까 담담하게 들릴 수 있지만 실제로는 아내를 걱정하면서 훌쩍이거나 울면서 이야기하거나 전화상으로 격앙된 말투로 내뱉는 경우가 많아서 아내의 동요가 컸습니다. 가까운 주변인들이 하는 이야기일수록 스트레스가 컸는데 특히, 친지나 가족들이 전화로 울거나 하면 그로부터 받는 스트레스를 감당하기 어려워했고 저도 퇴근하고 집에 와서야 일이 터진 것을 알게 되는 식이라서 수습이 힘들었습니다. 무슨 말을 주고받았는지, 어떤 이야기를 나눴는지 알 수도 없고 충격은 큰데 도울 방법을 알 수 없어서 아내에게 무작정 자책하지 말라고 설득하는 게 전부라 괴로웠습니다.

사람을 죽음으로 몰고 가는 말

우울증이 심할수록 감정 표현에 크게 영향을 받는데 조언하는 사람의 심경이 환자에게 증폭돼 전달됩니다. 만약 상대방이 슬픔과 걱정, 두려움, 우울감을 느끼면서 '기운 내라.'라고 이야기한다면 환자에게는 그 느낌이 몇 배로 커져서 '이 사람이 나를 불쌍하게 보는구나.', '이 사람이 이렇게 슬프게 느낄 정도로 내 상황이 비참하구나.' 같은 안 좋은 감정이 커집니다. 전화로 이야기한다면 떨리는 목소리에서 연민이 강하게 전달되고, 얼굴을 보고 이야기하는 중이라면 표정과 근육의 떨림, 눈물 같은 것이 눈에 확 들어와 고통이 배가 됩니다.

가까운 사이일수록 감정은 더 강렬하게 전달돼 부모, 형제, 자매 혹은 배우자가 이런 식으로 대화하는 것은 환자를 죽음으로 몰고 갈 수 있습니다. 앞에서 이야기한 것처럼 표현에 주의해야 하며 무작정 힘내라는 식의 말은 삼가야 합니다. 특히, "지금 힘들어도 이 악물고 버티면 편한 날이 온다." 같은 말은 환자에게는 전혀 도움이 되지 않고 오히려 죽음에 대한 환상, 삶에 대한 체념을 불러일으킵니다.

가능하다면 훈계나 조언보다 지지를 보내고 삶에 대한 의지를 느낄 수 있도록 돕는 것이 좋습니다. 말보다는 실제 행동으로 도움을 줘야 합니다. 그것이 같이 걷는 것이든, 외출해서 밥을 같이 먹는 것이든, 삶의 스트레스를 낮춰줄 수 있는 것이면 좋습니다. 예를 들면, "우울증에는 운동이 좋대."라는 말은 우울증 환자가 스스로 운동을 하지 않은 것을 자책할 수 있습니다. 외출 준비를 도와주면서 "오늘 날씨가 너무 좋은데 같이 산책 나가자." 이런 식으로 실제 행동을 같이 하는 것이 좋습니다.

막연하게 '운동', '치료' 이렇게 넓은 범위의 표현을 쓰면 이해하기도 어렵고 와닿지 않으니 "같이 걷자.", "바람 쐬러 가자.", "몸에 좋은 삼계탕 사 줄게."같이 적극적이고 활기찬 이야기를 하며 행동을 유인해야 합니다. 바로 옆에서 일상을 함께 하고 기운 낼 수 있도록 돕는다면 '이 사람은 나를 지지하는 사람이구나.', '나를 좋아하니까 함께 뭔가를 하자고 하는구나.'라는 생각이 들게 마련입니다.

한 사람이라도 나를 전적으로 믿고 지지해 준다면 힘든 인생도 살 만하다고 느낄 수 있습니다. 24시간 같이 생활하는 가족이나 배우자는 실질적인 도움을 주고 전폭적인 지지를 보낼 수 있는 가장 유리한 위치에 있습니다.

우울증이 심한 환자는 외출 준비가 힘들어서 복장이나 외모에도 문제가 생겨 위축될 수 있습니다. 우울증 환자 입장에서는 진료에 함께 가주는 것만으로도 이보다 고마운 것이 없을 정도로 부담이 크게 경감되는 효과가 있습니다.

병원 진료실에 가보면 보호자가 동석하지 않는 경우가 대부분인데 중증 우울증 환자는 스스로가 본인 상태에 대해서 정확히 표현하기 어렵거나 기억이 또렷하지 않은 경우가 많습니다. 아무래도 통증이나 약 부작용같이 힘든 부분에 대한 이야기를 주로 하게 되는데 보호자가 동석한다면 환자 상태를 객관적으로 이야기해 줄 수 있어서 큰 도움이 됩니다. 곁에 앉아서 의료진과 대화하면서 환자가 약에 어떤 반응을 보였는지, 용량은 적합한지 등 정확한 정보를 제공하고 향후 처방이나 용량에 대한 의견을 주고받으면 병의 호전에 결정적인 기여를 할 수 있습니다.

가족이나 배우자는 함께 생활해 우울증 치부까지 같이 경험하게 됩니다. 이를테면 방을 치우지 못해 여기저기 쓰레기가 쌓이기도 하고 제대로 씻고 가꾸질 못해 행색도 남루해질 수밖에 없습니다. 이럴 때 화를 내고 왜 방을 치우지 않느냐고 화를 내면 가족마저 나를 탓하고 불쌍하게 본다는 생각에 상황이 악화됩니다. 티 나지 않게 방 청소를 미리 해준다든가 아무렇지 않게 머리를 빗겨주는 식으로 곁에서 도와줄 필요가 있습니다. 정기적이고 자주 발생하는 집안일은 식기세척기나 빨래건조기, 로봇청소기 등을 적극 활용하는 것이 바람직합니다.

<티 나지 않게 해 놓으면 도움이 되는 행동들>

음식물 쓰레기 버리기

- 냄새가 나고 버리러 가는 과정이 힘들어 미리 봉투에 넣어 배출하면 주방이 깔끔해지고 집안일 부담이 줄어 아내가 좋아했습니다. 나중에는 미생물 처리기를 구입했는데 음식물 쓰레기

를 버리러 가는 일이 절반 이하로 줄었습니다

바닥 청소

- 진공청소기로 머리카락 등을 깨끗이 치우면 집안이 깨끗해지고 걸어 다닐 때 발에 밟히는 게 없어서 아내가 좋아했습니다. 나중에는 로봇청소기로 물걸레 청소도 같이 하니 바닥이 뽀송뽀송해지고 반짝거려서 더 좋아했습니다.

생필품·휴지 채워 놓기

- 병으로 집에 체류하는 시간이 길어져 생필품 소모 속도가 빠릅니다. 화장실 휴지나 물티슈 등이 떨어지면 사러 나가야 하는 수고가 들고 스트레스를 받을 수 있어 자주 동나는 물품은 미리 채워 놓으면 좋습니다.

아이들 공부 봐주기

- 아이들 가정통신문이나 숙제를 미리 물어봐 챙겨주는 것이 큰 도움이 됩니다. 아내는 교육에 신경을 많이 썼는데 아이들이 크면서 수학이나 과학 같은 과목을 봐주지 못하는 것에 스트레스를 많이 받았습니다. 미리 아이들 숙제나 공부를 도와주니 아이들도 좋아하고 아내도 걱정을 덜해서 효과가 좋았습니다.

도와주지는 않으면서 "괜찮아, 금방 좋아질 거야." 이런 뜬구름 잡는 말은 환자에게 더 부담을 줄 수 있습니다. 우울증이 심하면 몸에 힘이 없고 행동이 느려져 매사가 오래 걸리는데 외출하자고 권하고 나서 준비가 오래 걸린다고 성질을 내거나 핀잔을 주는 것도 치명적입니다. 특히, 치료 초기에는 효과가 늦게 나타나 자칫 자책하면 위험합니다. 말로만 믿고 도와주는 게 아니라 방도 청소하고, 외출 준비도 도와주고, 같이 밥도 먹으며 옆에서 기운을 낼 수 있게 해줘야 합니다.

가족은 혈육으로 맺어진 관계지만 부부는 혼인으로 맺어진 사이라 이혼으로 갈라설 수도 있어 환자 입장에서는 우울증이 낫지 않으면 부부 사이가 소원해질까 봐 불안해집니다. 이럴 때 배우자가 힘든 마음에 내뱉은 사소한 한 마디가 커다란 불안감을 안겨줄 수 있고 증세를 악화시킬 수 있으니 조심해야 합니다. 몸 상태가 안 좋아져도 부담 돼 털어놓지 못하고 환자 혼자 전전긍긍할 수 있습니다.

우울증을 이겨내기 위해서는 배우자가 든든한 조력자가 돼서 환자의 불안과 걱정을 덜어주고 도움이 필요할 때 곁에 있어줘야 합니다. 아이 키우는 부모와 유사합니다. 모든 면에서 의지하고 서포트 해주는 사람이 되는 것입니다. 그러기 위해서는 보호자 스스로 우울증에 대한 이해를 넓혀 병증에 대한 불안과 걱정을 줄이고 긴 투병에 지치지 않게 건강을 관리해야 합니다.

극심한 감정 동요에서 보호하는 법

아내는 4남매 중 둘째로 태어나서 위로는 언니가 있고 아래로는 동생이 둘 있습니다. 형제들이 찾아올 때마다 힘들어한다는 것이 상식적으로는 이해가 어려운 일이지만, 우울증은 사람을 좀먹는 병이라 웃는 일도 없어지고 얼굴에 생기라곤 찾아볼 수 없을 정도로 사람이 초췌해집니다. 어찌 보면 가까운 친지들에게 절대 보이고 싶지 않은 모습이라고 할 수 있습니다. 어려서부터 모든 것을 함께한 형제, 자매라면 이런 모습에 충격을 받을 수도 있고 당사자도 슬픔이 북받쳐 눈물바다가 됩니다.

따라서 병이 심할 때는 아무리 혈육이라도 왕래를 줄이고 가능하면 증세가 호전될 때까지 거리를 두는 것이 좋습니다. 도와주러 오는 친지들이 고마웠지만 아내 감정 소모가 심해서 나중에는 오지 않는 것이 좋겠다고 마다했습니다. 그렇다고 아주 왕래를 끊는 것도 문제가 되기에 "제가 처가에 의지할 정도로 나약해서는 아내 병을 고칠 수 없다는 생각이 들어서 그러니 당분간 왕래나 연락을 줄이고 싶어요." 이런 식으로 좋게 얘기하고 어지간하면 오지 말라고 했습니다.

아무리 좋게 말해도 가족이고 친지인데 오지 말라고 하면 기분 좋을 리 없습니다. 상대방 대답을 듣고 반응을 살필 것이 아니라 "치료에 도움이 되는 방향이라서 그러는 것이니 협조해 달라."라고 분명히 이야기해야 합니다. 영원히 보지 말자는 것이 아니니, 아내 병이 나으면 그전처럼 왕래하자는 식으로 일시적인 조치라고 설명하면 불필요한 오해를 줄일 수 있습니다.

이렇게 왕래를 줄이면 아내가 식구들에게 미안해할까 봐 조금 걱정이 됐는데 당시 워낙 정신없던 시기라 아내는 미안함을 느낄 새가 없었습니다. 추석이나 설 연휴에 양가 댁 방문하는 것도 큰 부담이었는데 집안 행사에 참여 안 해도 된다고 하니 한시름 놓는 것 같았습니다.

친한 친구나 이웃 방문도 스트레스로 작용할 수 있습니다. 우울증에 대한 매체 기사나 책자들을 보면 한결같이 친구나 가족과 자주 교류하고 취미를 즐기는 것이 우울증 예방과 회복에 도움이 된다고 하는데 그것은 병증이 심하지 않을 때고, 중증 우울증은 잦은 교류가 오히려 악영향을 줄 수 있습니다. 함께 여행을 간다든가 취미 생활을 하는 것은 한층 더 어려운 일이라서 동반자가 우울증에 대한 이해가 있고 감정을 추스를 수 있는 경우에만 고려해야 합니다.

늘 같이 생활하는 배우자는 환자 상태를 파악할 수 있어 병이 심할 때는 주변인 방문이나 교류 제의를 거절하고 병의 회복을 우선하는 의사결정을 해야 합니다. 환자 입장에서는 찾아온다는 사람을 마다하는 것도 굉장한 스트레스라 배우자가 나서서 상황을 설명하고 예의 바르게 거절할 필요가 있습니다. 우울증이 깊은 환자는 한눈에 봐도 수척해진 것이 보여 부득이 누군가를 만

나야 하는 상황이라면 사전에 전화 등으로 환자 상태에 대해 미리 설명하고 우울증의 특성상 감정적인 스트레스가 크면 좋지 않으니 절대 울지 않아야 한다는 식으로 도움을 구해야 합니다. 여기에도 주의할 점이 있는데 중증 우울증 환자는 상태가 널뛰는 경우가 많아 만나기로 한 날 급격히 컨디션이 떨어질 수도 있습니다. 약속했다고 해서 무리해서 만나지 말고 컨디션에 따라 필요하면 일정을 취소하는 것이 좋습니다.

어린아이가 찾아오는 것도 주의가 필요합니다. 아주 어린아이라면 차라리 괜찮지만 어느 정도 의식이 있는 아이는 웃음기 없는 집안 분위기에 겁을 먹기도 하고 집에 가자고 보채거나 울음을 터뜨릴 수도 있는데, 이럴 때 환자는 난처하고 당황스러워서 스트레스를 크게 받습니다. 아이들 여럿이 함께 오는 상황도 마찬가지로 주의를 기울일 필요가 있습니다.

TV 방송이나 드라마, 영화 등도 조심해야 합니다. 등장인물에 감정적으로 몰입한 상태에서 주인공이 죽는다든가, 연인이 이별하면 상실감과 충격이 그대로 전달돼 마치 현실에서 벌어진 일인 것처럼 우울증 환자의 뇌에 스트레스를 주게 됩니다. 병이 어느 정도 나은 후에는 다양한 감정이 전달돼 긍정적인 영향도 기대할 수 있지만, 병이 깊을 때는 쉽게 눈물이 나고 세상이 부정적으로 보여 잠을 잘 수 없다든가, 눈을 감아도 계속 해당 장면이 떠오르는 식으로 부작용이 큽니다.

어린아이를 키우는 부모라면 아이들이 병에 걸리거나 부모와 헤어지는 내용도 피하는 것이 좋습니다. 한번은 OTT 서비스에서 드라마 '추노'를 봤는데 하필이면 초반에 도망 노비 모녀가 붙잡혀서 큰 고초를 겪는 장면이 나와서 아내가 너무 힘들어했습니다. 해당 부분을 건너뛰고 끝까지 보긴 했지만 어린 아역 배우가 연기를 어찌나 잘하던지, 엄마와 헤어지며 울부짖는 장면이 아직도 생생합니다.

우울한 노래도 부정적인 효과를 낼 수 있어 구슬프고 처연한 가락이나 창법의 가수는 플레이리스트에서 빼고 유튜브 채널은 차단해 접하지 않도록 합니다. 대신 밝은 분위기의 노래를 듣거나 카페 BGM 등을 틀어 놓고 영화나 드라마도 해피엔딩으로 끝나는 작품을 권해 감정적 동요를 피합니다. 연인이 서로 맺어지거나 블록버스터 영화처럼 위기 상황을 서로 힘을 모아 해결하는 내용이 가장 좋습니다.

생각보다 큰 뉴스가 주는 스트레스

저희 부부는 특별한 일이 없으면 뉴스를 즐겨보는 편입니다. 저녁 식사 마치면 뉴스를 보고 날씨를 화제 삼아 이야기하기도 합니다. 그런데 우울증에 걸린 사람에게는 세상 돌아가는 소식도 심각한 스트레스를 줄 수 있습니다.

특히, 조심해야 하는 것은 연예인이나 유명인의 부고입니다.

유명인이 자살로 생을 마감하는 경우, 온갖 뉴스에 대서특필되고 하루 종일 우울증으로 인한 자살인지, 다른 이유가 있는지, 별별 이야기가 다 나오는데 반복적인 자살 언급이 우울증 환자에게는 치명적일 수 있습니다. 망자의 감정과 자신을 동일시해서 모방 자살을 유발할 수 있기 때문입니다.

평소 알고 있던 사람의 죽음이나 유명인의 자살 소식을 듣고 따라서 자살을 시도하는 것을 베르테르 효과(Werther effect)라고 부릅니다. 실제 국내 한 대학병원에서 분석한 결과, 2005년에서 2011년까지 7년 동안 발생한 국내 자살 사건의 18%가 유명인 자살 사건 이후 1개월 안에 집중됐다고 할 정도로 그 영향이 큽니다.

일부 언론은 자살 방법까지 구체적으로 내보내는 경우가 있는데 이러한 기사를 보고 그대로 따라 하는 모방 자살(Copycat suicide), 혹은 자살 전염(Suicide contagion)이 발생하는 실정입니다.

아내 투병 시기에 유독 많은 유명인이 자살로 생을 마감했는데 특히, 가수나 연예인처럼 친근한 이미지의 인물일 경우 충격이 더욱 컸습니다. 대부분의 자살 소식에 우울증이 의심된다는 내용이 있어 한창 우울증에 시달리던 저희 부부에게는 엄청난 스트레스로 다가왔습니다. '성공하고 부유한 사람마저 생을 등진다면 우울증은 나을 수 없는 병이 아닐까?'하는 생각이 머릿

속을 떠나지 않아 종일 저희 부부를 괴롭혔습니다. 너무 힘들어서 이후로 누군가의 자살 소식이 들리면 아예 아내가 모르게 하려고 TV 없는 야외로 가족 여행을 떠났습니다.

그래도 결국 아내가 알게 되니 제 딴에는 어떻게든 긍정적인 얘기를 하려고 "안타까운 일이지만 우울증으로 인한 것인지는 확실치 않고 우울증은 낫기 어려운 병이지 불치병이 아니다."라고 틈만 나면 나을 수 있다는 이야기를 꺼냈습니다. 동요하는 아내에게 "우리는 발병 초기부터 병원 치료를 받았으니까 운이 좋다.", "유명인들도 알고 보면 평범한 사람과 다를 게 없는 것 같다."라는 이야기를 하면서 애써 아무렇지 않은 척했습니다. 아니 오히려 유명한 사람들이 너무 바빠서 적극적인 치료를 못 받고 병을 키웠다는 말로 우리는 열심히 치료받으니 괜찮다고 설득했습니다.

몇 년 전에는 북핵 위기로 매일 전쟁 이야기가 미디어에 나왔습니다. 아내가 스트레스를 크게 받아서 전쟁이 나면 어떻게 해야 할지 걱정했습니다. 과한 걱정이라고 할 수 없는 것이 주변인들도 비슷해서 나중에는 식료품이나 생필품을 사재기해야 하는 것 아니냐는 이야기가 나올 정도였습니다.

뉴스에서 전쟁 이야기를 몇 달에 걸쳐 계속하는데 점점 수위가 올라가 괜찮던 저마저 피곤해졌습니다. 세계 정상들이 힘을 합쳐도 해결하지 못하는 이슈인데 저라고 뾰족한 방법이 없었습니다. 시간이 지나 정상회담 등이 이뤄지면서 걱정과 불안감이 빠르게 가라앉았지만 이후로는 TV나 라디오에서 나오는 사회·국제 뉴스는 가능하면 보고 듣지 않으려고 하고 있습니다.

그렇게 뉴스를 아주 보지 않으면 좋겠지만 코로나19가 터지고 나서 확진자 추이, 백신 접종 시작일 등 최신 뉴스를 접하기 위해 매일 뉴스를 봤는데, 부정적인 내용이 많아 저희 부부 둘 다 영향을 받아서 알 수 없는 무력감에 휩싸이곤 했습니다. 병실 부족으로 인한 사망자 소식과 빠르게 늘어가는 중환자 숫자 등 실시간으로 악화되는 코로나19 소식이 넘쳐났습니다. 뉴스를 더 보면 안 되겠다는 생각이 들어 가족 구성원 모두 백신 접종을 마친 후에는 관련 속보가 나와도 보지 않았습니다.

돌이켜보면 언론사 역시 경쟁에 노출돼 더 자극적이고 부정적인 내용을 다룰 수밖에 없는 것 같습니다. 이러한 언론의 보도 경쟁이 지속되는 한 뉴스에는 온갖 사회 문제들과 전쟁, 질병, 사고 이야기가 범람하고, 충격적일수록 집중적으로 다뤄지니 우울증 환자가 있는 가정은 차라리 뉴스 시청을 줄이고 가능하면 아예 끊는 것이 상책인 것 같습니다.

한번은 뉴스를 끊으면 시사 이슈나 상식이 부족해지지 않을까 하는 생각에 뉴스에서 부정적인 내용을 제거해 보려고 한 적이 있습니다. 직업이 프로그래머라 특기를 살려 각종 포털 사이트에서 제공하는 '사람들이 가장 많이 보는 뉴스 10가지' 등을 가져와 전쟁, 기아, 가난, 사고, 사망, 이혼, 자살, 코로나19 같은 부정적인 단어가 있는 기사를 제거하고 긍정적인 기사만 걸러내는 프로그램을 만들었습니다.

그렇게 걸러낸 기사를 집에 있는 스피커로 매일 아침마다 컴퓨터 목소리로 재생했습니다. 말하자면 아내를 위한 전용 라디오 뉴스 시스템이었는데 세상이 아름다워 보이게 좋은 뉴스만 나오게 하는 것이 목적이었습니다. 처음 만들 때는 포털 3사에서 10개씩 기사를 가져와서 총 30개 뉴스 중에 부정적인 것을 걸러내는 방식을 썼는데 거르고 나면 절반은 남겠지 했으나 놀랍게도 4~5개 정도만 남아서 분량이 부족했습니다.

워낙 부정적인 기사가 압도적으로 많다 보니 이런 결과가 나온 것인데, 여기저기에서 좀 더 다양한 기사를 추가로 수집해서 즐거운 소식이나 미담이 나오기를 기대해 봤지만 정치·경제 관련 뉴스만 남아 씁쓸했던 기억입니다. 지금은 아내가 많이 나아져 전용 뉴스 시스템 가동을 멈췄는데 적막한 집안 분위기도 어느 정도 바꿔주고 작게나마 도움이 됐던 것 같습니다.

가장 치명적인 의료진의 부적절한 발언

마지막으로 한 가지, 가장 대응하기 어렵고 치명적인 것을 말하지 않을 수가 없는데 바로 의료진에게 받는 스트레스입니다. 의료진도 사람이라 힘든 날이 있고, 학회 등 중요한 일정을 앞두고 예민해져서 잘못된 지적을 하거나 환자를 탓할 수 있습니다. 제가 지켜본 의료진 중 일부는 환자에게 의지박약이라는 말을 서슴지 않았는데, 약물 치료를 해도 반응이 없어서 한창 힘들 때 환자가 문제라는 식으로 이야기를 해서 저희 부부 모두 충격을 받았습니다.

병원을 바꾸고 다른 의사에게 진료를 받았는데, 나중에 그 의사를 다시 만나니까 다 나아서 오지 않는 줄 알았다고 했습니다. 의료진에 문제가 있어 다시 찾지 않은 것인데 해당 의사는 환자가 치료가 돼 오지 않는다고 생각하는 것입니다. 이렇게 피드백이 되지 않는 의료진에게 받는 상처는 향후 치료에 대한 불신으로 이어져 미래에 대한 희망을 뭉개 버리고 삶의 의지를 꺾을 수 있습니다. 이런 일이 생기면 바로 제지하고 재발 방지를 요구할 필요가 있습니다.

환자 본인의 문제니 의지를 가져라, 정신력으로 극복하라는 발언이나 나약해서 그런 거라는 식으로 스스로를 자책하게 만드는 말은 절대 해서는 안 됩니다. '성격' 같이 애매한 표현을 쓰면서 강요하거나 부담을 주는 것은 우울증 치료에 도움이 되지도 않고, 중증 우울증 환자에겐 자살 충동을 유발해 사고로 이어질 수 있습니다. 특히, 의료진이 이러한 발언을 할 경우 치료에 대한 희망이 사라져 자포자기하게 돼 더 치명적입니다.

2017년, 그룹 샤이니의 종현이 우울증으로 자살하며 남긴 유서에 비슷한 이야기가 나와서 안타까웠던 기억이 납니다. 우울증에 걸린 사람은 주변에서 비슷한 이야기를 수도 없이 들어 그 괴로움은 걸려보지 않은 사람은 이해하기 어렵습니다. 의사라고 예외일 수 없습니다. 전문가라도 환자 상태를 24시간 지켜볼 수 있는 것도 아니고 5분 진료로 증세가 얼마나 중한지, 그가 처한 상황이 어떤지, 환경이 문제인지, 성격이 원인인지 단언할 수 없습니다.

저희 부부는 여러 번 환자가 나약해서 문제라고 지적하는 의사를 경험했는데, 어떤 의사는 본인이 처방한 약에 대해 엉뚱하게 얘기하고 약의 용량이나 복약지도도 엉터리로 복기하고 있었습니다. 차트 다시 보자고 해서 정정하고 발언에 대한 사과도 받고 제대로 약을 받아 나왔지만 해당 의사를 신뢰할 수 없게 됐고 앞으로 치료 효과가 있을지 의문스러웠습니다.

의사도 사람인만큼 기억이 완전하지 않을 수 있고 실수도 할 수 있지만 환자 탓을 하거나 의지박약이라는 등 실언을 해서는 안 됩니다. 안타깝게도 이런 일이 언제든지 발생할 수 있는 만큼 가능하면 보호자가 진료에 동석해서 상황을 지켜보는 것이 좋습니다.

<문제 있는 의사의 특징>

환자 발언에 관심이 없다

- 환자가 이야기할 때 쳐다보지 않거나 건성으로 들으며 기계적인 처방만 하고 진료를 마칩니다.
- 초진임에도 불구하고 면담 없이 약만 처방하려고 합니다.

환자 탓을 하거나 존중하는 태도가 없다

- 병이 낫지 않는 것은 환자가 심약해서 혹은 예민해서라며 힐난합니다.
- 반말을 쓰며 환자들에게 문제가 많다며 타박하고 가르치려고만 합니다.
- 고압적, 권위적이고 환자의 질문과 의견을 무시합니다.

이전 진료 내용을 기억하지 못한다

- 전산화된 차트와 기록을 제대로 숙지하지 못하고 엉뚱한 약과 처방 이야기를 합니다.
- 잘못된 진단과 처방으로 이어질 수 있어 엉뚱한 내용이 나오면 바로 정정해야 합니다.

치료에 적극적이지 않다

- 현재 사용하고 있는 약물 치료 외에 다른 방법을 제안하지 않습니다.
- 비약물 치료 방법에 대해 이야기하면 약이 안전하고 잘 들으니 버텨보라고만 합니다.

자기 자랑하는 의사

- 본인 저서 소개나 이전에 했던 말을 되풀이하며 진료 시간의 대부분을 사용합니다.
- 실제 환자나 보호자의 피드백을 듣는 시간이 매우 짧습니다.

긴 휴가나 학회 일정을 잡는 의사

- 해외 학회 준비로 늘 바쁘다고 하는 의사는 피해야 합니다.
- 자주 휴가를 떠나며 대진을 맡기는 의사는 피해야 합니다.
- 유능한 의사일수록 이런저런 일정이 있을 수 있지만 병이 중한 환자 치료에는 좋지 않습니다.
- 병원 대부분은 직장인 휴가 시즌에 맞춰 휴원 일정을 잡는데 그렇지 않고 비정기적이고 갑작스러운 휴가가 잡히는 병원은 피하는 것이 좋습니다.

진료 주기가 길다

- 급성기나 심한 우울증에도 내원 주기를 줄이지 않고 3~4주

간격으로 진료를 잡는 의사는 피해야 합니다.

- 유지기나 안정적인 경우 1개월 이상 간격으로 진료를 잡기도 하지만 증상이 심하다고 호소할 경우 진료 간격을 줄이는 것이 일반적입니다.

- 종합병원 혹은 대학병원은 대기가 많아 진료 주기가 길어지는 경우가 있으므로 초기 우울증 치료에는 적합하지 않습니다.

<실제 경험한 문제 있는 의료진의 말>

(약물 치료가 잘되지 않는 것 같다고 하자)

의사 : "환자 마음이 약해서 그런 건데 별 수 있나요?"

- 우울증 환자가 마음을 강하게 먹어서 될 것 같으면 병원에 왜 왔겠냐고 따져 사과를 받았습니다.

- 의사가 써보고 싶은 약이 있으면 주겠다고 해서 준비해 간 약물명과 용량을 제시하고 처방받는 등 협조적으로 변했습니다.

(먹고 있지 않은 약을 처방했다고 하길래 항의하자)

의사 : "아, 제가 다른 환자 차트를 봤네요."

- 해외 학회 일정이 있어서 준비하느라 바빠서 실수했다며 사과했습니다.

- 전에 처방한 약들도 이렇게 다른 차트 보고 잘못 처방한 것 아니냐고 재차 항의하자 더 신경 써서 보겠다고 약속했습니다.

(어깨 통증이 우울증의 원인인 것 같다고 하자)

의사 : "그거는 아내분이 예민해 가지고 그런 거예요."

- 저리는 통증인지, 마비가 있는지, 얼마나 아픈지 물어보는 것도 아니고 예민한지 어떻게 아냐고, 의사가 신이냐고 항의했습니다.
- 비슷한 환자가 많아서 당연히 그럴 거라고 생각했다며 미안하다고 사과했습니다.
- 이후 진료에서는 통증에 좋은 항우울제를 써보자고 하기도 하고 마취통증의학과 협진을 알아봐 주는 등 치료 과정이 개선됐습니다.

(진료에 혼자 간 아내에게)

의사 : "제가 쓴 책을 보라니까 안 봐서 안 낫는 거예요."

- 사람 목숨이 경각에 달렸는데 자기 자랑이나 하고 진료는 대충 보니 의료진에 대한 신뢰가 크게 꺾입니다.
- 병원을 바꿨고 이후 아내가 혼자 진료 가는 것이 위험하다고 판단했습니다.

9장

완치 후 재발로 인한 패닉

아내의 재발은 딱 한 번이었지만
그 한 번이 모든 것을 앗아갔다고 할 수 있을 정도로
충격이 컸습니다.

09

완치 후 재발로 인한 패닉

첫 우울증 진단 후 2년이 지나면서 아내 병세가 좋아지기 시작했습니다. 오락가락하기는 했지만 혼자 식사도 하고, 병원 진료도 다니고, 표정에도 생기가 돌아 멀지 않은 곳으로 여행도 다녀오는 등 정상적인 생활을 할 수 있었습니다. 초반에 빠르게 악화돼 정신이 없었던 때와 비교하면 천지차이일 정도로 좋아졌는데 불안감도 많이 줄고 잠도 잘 자고 공황발작도 다시 겪지 않아 이만하면 고비를 넘긴 것 같다는 생각이 들었습니다.

당시에는 갑자기 좋아진 것에 마냥 기쁘기만 했는데 한편으로는 좋아진 이유가 무엇인지 알 수 없어서 불안하기도 했습니다. 이때는 식이나 운동요법 등을 시도하기 전으로 전적으로 약에 의존할 때였는데 워낙 그간의 치료가 크게 효험이 없어 잘 맞는 약을 찾아서 그런 거라는 생각은 들지 않았고, 약 효과보다는 '그저 시간이 흘러서 좋아진 게 아닌가?'하는 의문이 들었습니다.

먹는 약의 종류도 많았지만 수면제같이 부작용이 심한 약은 먹어서 낫는 게 아니라 사람 잡는 약이 아닌가 생각할 정도로 약 생각만 하면 신물이 날 지경이었습니다. 만약 약 덕분에 나은 것이 아니라면 빨리 약을 끊는 것이 혹시 모를 부작용에서도 벗어날 수 있고 아내 기분에도 좋을 것 같았습니다. 아내 상태가 더 좋아지면 다음 병원 진료 때 의사에게 약을 줄이자고 하려고 했는데 아내에게는 조심스러워서 말을 꺼내지 못했습니다.

막상 병원 진료를 가니 제가 말을 꺼내기도 전에 의사가 약을 줄이자고 했습니다. 상태가 좋아졌으니 약을 조금씩 줄이면서 경과를 보고 만약 문제가 있으면 다시 약을 먹자는 이야기였습니다. 예상치 못한 반응에 저는 뛸 듯이 기뻤습니다. '우울증은 재발률이 높고 재발하면 병이 깊어진다는데 괜찮을까?'하는 걱정도 있었지만 분위기에 취해 더 물어보지도 않고 아내에게 축하한다고 이야기하며 병원을 나왔습니다.

단약 권하는 의사, 믿어도 될까?

그 후 먹는 약의 양을 점점 줄이기 시작했는데 생각보다 빠르게 용량을 줄여서, 괜찮다 싶으면 절반으로 줄여서 복용하는 식이었습니다. 왜 점진적으로 줄이지 않고 이렇게 빨리 줄이는지 물어봤는데, 애초에 제조사에서 약이 그렇게 만들어져 나온다는 대답을 들었습니다. 예를 들면, 우울증, 불안장애, 섬유 근육통에 널리 쓰이는 항우울제인 심발타(성분명 Duloxetine)는 30mg와 60mg 두 가지 밖에 없어 60mg을 복용 중이었으면 30mg으로 바꾸는 방법밖에 없다는 것입니다.

해외에는 20mg으로도 출시돼 60mg를 복용 중이었다면, 30mg+20mg로 조합을 바꿔서 50mg로 서서히 양을 줄일 수 있는데, 국내에는 20mg 용량이 판매되지 않아 편의상 60mg에서 바로 30mg로 줄이는 것 같았습니다. 50mg만이 아니라 20mg 두 알을 처방하면 40mg도 가능해 60mg부터 20mg까지 용량을 10mg 단위로 줄일 수 있는데 사정상 그렇게 하지는 못한다는 것입니다.

아내가 먹는 모든 약이 이런 식으로 몇 가지 되지 않는 용량으로 판매될 텐데 이렇게 급격하게 양을 줄이는 방식이라니 불안했습니다. 진료 때 약을 좀 더 천천히 줄이거나 아니면 한 가지씩 줄이는 게 어떨까 이야기해봤지만 의사 대답은 뜻밖이었습니다.

"환자분도 약을 빨리 끊는 게 좋으시잖아요. 평생 병원 다니면 돈도 돈이고…(중략)"

상태를 봐서 약을 조절하는 게 아니라 빨리 약을 끊어서 완치 판정을 내리는 게 먼저인 뉘앙스여서 의외였습니다. 제 걱정은 알겠지만 약을 줄이며 경과를 지켜보다가 문제가 있으면 다시 양을 늘리면 된다는 얘기가 이어졌습니다. 추가로 급할 때 먹을 항불안제도 넉넉히 처방해서 환자 스스로 필요하면 더 먹어도 된다고 너무 걱정할 필요 없다고 했습니다. 아내도 약을 끊는 것에 대해 기대가 커 선뜻 반대하기 어려운 상황이었습니다. 그렇게 용량을 절반씩 줄이기 시작해서 빠르게 약을 끊었고 몇 달이 지나자 완치 판정이 내려졌습니다. 불안한 마음이 있긴 했지만 더는 병원에 가지 않아도 된다니 이게 웬일인가 싶어서 기쁘게 받아들였고 아내도 고생 다 끝났다고 기뻐했습니다.

생각해 보면 이때 좀 더 신중했어야 했는데 두고두고 후회가 됩니다. 약을 끊고 두 달이 채 지나지 않아서 아내 두통이 다시 심해졌는데 얼마 안 가 감정 기복이 커지고 컨디션이 큰 폭으로 오락가락했습니다. 추가로 금단증상 같은 것이 나타났는데 오한을 느끼면서 땀이 나고 손이 떨리는 증상이 심해서 겁이 덜컥 났습니다. 바로 병원에 갔는데 의사는 아무렇지도 않다는 듯이 "많이들 재발해요. 약 먹으면 좋아질 거예요."라고 말했습니다. 신경안정제 등 약을 잔뜩 받아 다시 복용했는데, 이번에는 약 부작용이 심해서 뭐가 뭔지 알 수 없는 상황이었습니다. 괴로워하는 아내를 보면서 약을 급하게 끊은 것이 화를 불렀다는 생각에 후회가 막심해 견딜 수가 없었습니다.

재발하면 병이 깊어진다

거기서 끝이면 다행이었겠지만 증상은 점점 심해져서 불면증에 시달려 잠을 잘 수 없었습니다. 이미 약봉지가 수북한데 수면제가 추가됐고, 용량을 줄이면 잠을 못 자고 늘리면 너무 처져서 정상적인 생활을 할 수가 없었습니다. 잠을 못 자서 그런지 원인을 알 수 없는 근육통이 다시 시작됐는데 목부터 어깨, 등까지 오르내리면서 아내를 괴롭혔습니다. 곧이어 이전보다 강력한 죽음에 대한 공포, 불안감이 엄습해서 심할 때는 몸이 벌벌 떨리고 가만히 있어도 어지럽고 사는 게 무서워서 죽는 것만 못한 느낌을 호소했습니다. 이때부터는 하루 종일 무기력한 느낌에서 빠져나오질 못했고, 시도 때도 없이 자살 충동에 시달려 견딜 수 없을 때는 무작정 응급실에 찾아가서 격리 아닌 격리를 했습니다.

완치 판정까지 받았던 아내인데 너무 상태가 빠르게 악화되니 정신이 없었습니다. 의사에게 물어보니 원래 재발되면 전보다 우울증이 심하게 온다고 아무렇지 않게 이야기했습니다. 이런 위험을 알고 있었다면 왜 단약을 권했을까 원망스러웠지만 이미 벌어진 일이라 어쩔 수 없이 대책을 강구해야 했습니다. 급한 마음에 우울증 센터가 있는 대학병원 입원을 알아봤는데 병상이 없어 자리가 날 때까지 무작정 대기해야 한다는 얘기에 좌절했습니다. 병원에서 바로 입원할 수 있는 다른 곳들을 알아봐줬으나 기도원이나 요양원 같은 곳이라 병을 낫게 하는 목적과는 거리가 있는 곳들이었습니다.

혹시 입원 가능한 병상이 생길지도 모른다는 생각에 집에서 하루하루 버티고 있는데 하필이면 계절까지 여름으로 접어들어서 겁이 덜컥 났습니다. 아내는 우울증에 걸리고 여름을 가장 힘들어해 이번 여름을 과연 버틸 수 있을까 걱정이 됐습니다. 결론적으로는 여름이 다 지나고 3개월 지나서야 입원 가능하다는 연락이 왔지만 이미 있는 대로 고생한 후라 입원은 하지 않았습니다.

이런저런 대응을 하며 진땀 섞인 여름을 보냈지만 당시 3개월은 정말 힘들었습니다. 치료에도 큰 진전이 없었고 여러 약을 바꿔가며 적응하느라 고생했지만 어떤 약도 잘 듣지 않았습니다. 대학병원으로 옮긴 것도 별다른 보람이 없었고 재발 이전보다 몇 배는 더 심한 증상에 시달리니까 아내가 자포자기하기 시작했습니다. 앞으로 낫는다 해도 또 재발할 거라는 생각에 병원도 마지못해 가고 치료에 대한 의지 자체가 꺾일 지경이었습니다.

대학병원으로 옮긴 것은 어떤 의미에서는 더 힘들기만 했는데 일반적인 소규모 의원에서는 원내처방이라고 해서 직접 약을 제조해 줬던 것이 대학병원에서는 불가능했습니다. 일반적인 우울증 환자는 원내처방을 해주지 않아서 멀리 떨어져 있는 약국까지 이동해서 약을 받아야 했습니다.

힘들어하는 아내를 데리고 진료를 보면 굉장히 지쳐서 약국까지 가는 것 자체가 고역이었습니다. 약국에 도착해서도 약을 받기까지는 상당한 시간이 걸려 찜통더위가 시작되고 나서는 같이 가서 약을 받는 것을 그만두었습니다. 아내는 냉방을 켜 둔 차에 있고 저만 나왔는데 아내를 혼자 두자니 1분 1초가 걱정이 됐습니다. 어떤 날은 약국에 자리가 없어서 멀리 주차하고 약국까지 이동하는데 20분이 넘게 걸려서 그 사이에 무슨 일이 날까 봐 스트레스가 심했습니다. 그래도 진료를 같이 다닐 수 있어서 다행이었지 아내 혼자 다녔으면 중간에 혼절하거나 공황발작이 왔을 거라고 생각합니다.

그렇게 여름이 다 가도록 아내 상태는 호전되지 않아 집 밖 외출도 제대로 못하고 얼굴에는 생기가 하나도 없었습니다. 끝없는 터널을 지나는 느낌에 이렇게 무서운 병이 또 있을까 하는 생각만 들었고 매일 겨우 버티다 지쳐 쓰러지기 일쑤였습니다. 너무 힘들어서 대체 우울증 재발률이 얼마나 되는지 찾아봤는데 자료에 따라서 다르지만 보통 60% 이상이었습니다. 재발은 한 번이 아니라 여러 번 올 수 있는데 재발하면 증상이 더 심해진다고 하니 더욱 좌절할 수밖에 없었습니다.

재발 이전에는 우울증이 나아지면 약을 끊고 이전으로 돌아갈 수 있을 거란 믿음이 있었지만, 한번 재발로 깊은 수렁에 빠지니 완치고 뭐고 지금보다 나아질 수만 있다면 뭐라도 하겠다는 생각이 들었습니다. 앞으로는 약도 끊지 말고 평생 먹으면서 다른 치료법도 있는 대로 모두 강구해야지 가만히 있으면 아내가 죽을 수도 있겠다는 공포에 휩싸였습니다.

중증 우울증이나 주요 우울장애는 만성적이고 재발이 잦은데 일단 재발하면 강도도 강하고 투병 기간도 훨씬 길어집니다. 아내는 모든 것이 이전보다 훨씬 심각했는데, 그중 하나가 시도 때도 없는 자살 충동이었습니다. 실제로 증세가 심해진 데다가 잠깐 나아도 이번처럼 또 재발할 거라는 생각, 아예 낫지 않을 거라는 인지왜곡이 더해져서 '이렇게 사느니 죽는 게 낫다.'라는 자살 충동이 강화됐습니다. 아내가 너무 힘들어하니 이런 생각을 하는 것도 이해가 돼서 저는 저대로 아내가 안 좋은 생각을 할까 봐 한순간도 마음을 놓을 수가 없었습니다.

출근해서 일하다 집에서 전화가 오면 무슨 일이 생겼나 가슴이 철렁했고, 앞으로 얼마나 더 버틸 수 있을지, 아내가 나을 수 있을지, 걱정 또 걱정이었습니다. 걱정을 계속하니 시도 때도 없이 가슴이 두근거리는데 이런 증상이 있다고 이야기를 하면 아내가 안 좋은 생각을 할까 봐 숨기느라 진땀을 빼야 했습니다. 아내가 제 건강 걱정을 하면 단순 걱정에서 멈추는 것이 아니라

'내가 우울증에 걸려서 남편 건강도 안 좋아졌다.'라는 생각에서 시작해 '내가 없어지는 것이 가족에게 좋다.'라는 극단적인 사고로 연결됐습니다. 앞에서 이야기한 인지왜곡으로 발생하는 최악의 상황인데 무슨 말이든 부정적으로 작용하고 그 끝에는 자살 충동으로 이어져 살얼음판을 걷는 기분으로 긴 시간을 버텨야 했습니다.

우울증 환자를 위한 응급실은 없다

아내는 재발 후 자살 충동이 심해졌는데 스트레스가 극에 달하면 버티지 못하고 계속 울다가 저에게 도움을 요청했습니다. 가지고 있는 항불안제를 먹어도 별 소용이 없어 제가 할 수 있는 일이 없다 보니 황망하게 손만 붙잡고 그러지 말라고 같이 우는 것이 전부였습니다. 버티다 안될 것 같으면 아내를 차에 태워 응급실로 갔는데 응급실 신세를 지는 것도 쉽지 않았습니다.

응급실은 기본적으로 외상이 심한 환자를 우선으로 하는 곳이라 겉보기에 멀쩡해 보이는 아내는 왜 왔냐는 식으로 거절당하기 일쑤였습니다. 아무리 자살 충동이 심해서 견디기 힘들어도 실제 자살시도를 하기 전까지는 중환자가 아니었습니다.

응급이 아닌 환자는 집으로 돌려보내는 것이 기본 대응 방침이니 제 발로 돌아가지 않으면 내보낼 수밖에 없다고 하는데 옆에서 울고 있는 아내하고 그 이야기를 들으니 처참한 심경이었습니다. 한번은 보호자가 없으면 모를까 보호자도 있는데 왜 응급실에 왔냐는 말을 듣고 사람이 죽어서 와야 응급실에 들여보내 주는 거냐고 소리치고 싶을 정도로 화가 머리끝까지 났지만 아내가 급하니까 참으면서 베드 하나라도 내달라고 빈 적도 있습니다.

일부 대형병원 응급실에는 격리실이 있는데 이곳이 비면 부탁해서 몇 시간 정도 들어가 있을 수 있었습니다. 아무것도 없는 텅 빈 공간에 베드 하나랑 보호자가 들어갈 수 있는 공간인데 여기에 가면 그래도 아내가 많이 안정이 됐습니다. 아마 극단적인 시도를 할 수 있는 방법이 없고 의료진에 둘러싸인 공간이라 그랬던 것 같습니다.

사실 응급실의 대응도 이해가 가는 것이 우울증 환자가 가도 특별히 해줄 수 있는 것이 없습니다. 늦은 시간에는 상주하는 정신건강의학과 인력이 없어 사실상 응급실 어딘가에 방치돼 집에 있는 것과 크게 다를 것이 없습니다. 정말 자살시도를 한 환자라 외상이 있으면 응급조치를 해주고 독극물을 마셨으면 위세척이나 약물 처방을 하겠지만 자살 시도 직전의 우울증 환자는 외견상 이상이 없고, 자살 충동을 억제할 묘약이 있는 것도 아닌 만큼 귀가 조치가 내려졌습니다.

이러한 일은 비단 저희 부부만의 경험이 아니라 의료 시스템의 문제로 다뤄지고 있습니다. 2020년 11월, 자살 시도 중인 50

대 여성이 신고 후 출동한 경찰에 의해 구조됐으나 병상과 의료진 부족 등을 이유로 여러 병원에서 응급 입원을 거절당했고 귀가 조치 후 투신자살로 숨지고 말았습니다. 당시 환자는 5개 병원을 찾았는데 마지막으로 찾아간 지정병원은 행정 입원이 가능한 곳이었는데도 거부했고 실랑이 끝에 문전박대 당한 사실이 드러나 더욱 문제가 되었습니다. 이 사건이 언론을 탄 후 자살 충동을 겪는 환자들이 입원하지 못하고 죽음으로 내몰리고 있다는 사실이 공론화됐습니다.

이후 유사한 사례가 더 발생한 후 국가 주도로 권역정신응급의료센터 정책이 시행됐습니다. 시범적으로 몇 개 병원을 골라 기존 응급실에 정신과 협진과 치료가 가능한 시설을 확충하고 상주인력을 배치하는 제도입니다. 아내가 한창 괴로워할 때는 이 제도가 도입 전이라서 응급 상황에서도 개인이 홀로 견뎌야 했는데 정말 환영할만한 변화라고 할 수 있습니다.

다만 아직 정책이 제대로 정착되지 않아서 권역정신응급의료센터는 이 책을 쓰고 있는 2023년 12월 현재 전국에 10개밖에 지정돼 있지 않습니다. 이마저도 코로나19로 인한 인력 부족 등으로 원활하게 운영되지 않는 곳이 있어 실제 도움이 필요한 환자나 가족은 가까운 권역정신응급의료센터가 제대로 기능하는지 미리 파악해 두는 것이 좋겠습니다.

<전국 권역정신응급의료센터 목록

(2023년 12월 기준)>

- 서울특별시 서울의료원(서울)
- 연세대학교 용인세브란스병원(경기도)
- 가톨릭대학교 인천성모병원(인천)
- 제주대학교병원(제주)
- 원광대학교병원(전라도)
- 충남대학교병원(대전)
- 울산대학교병원(울산)
- 강원대학교병원(강원)
- 순천향대학교 부속 부천병원(경기도, 5차 신규 지정)
- 안동병원(경북, 5차 신규 지정)

약을 끊지 않는다 : 항우울제는 보약

아내의 재발은 딱 한 번이었지만 그 한 번이 모든 것을 앗아갔다고 할 수 있을 정도로 충격이 컸습니다. 재발 전에는 완치에 대한 꿈도 있었고 언젠가는 우울증에 걸리기 전으로 돌아갈 수 있을 거라는 희망이 있었는데, 재발을 경험하고 나서는 완치가 돼도 잠깐이고 또 나빠질 수 있다는 생각에 절망적인 기분이었습니다.

아내의 재발은 항우울제 용량을 너무 빠르게 줄인 것이 원인이라고 생각하지만, 천천히 줄였다고 재발하지 않으리라는 보장도 없고, 다시 재발하면 정말 아내가 잘못될 수도 있겠다는 생각에 앞으로는 절대 약을 끊지 않겠다고 여러 번 다짐했습니다. 애초에 우울증 재발률이 60%가 넘는데 이름뿐인 완치가 뭐가 중요한지, 대체 약을 끊어서 좋은 점이 있는지 알 수 없었습니다.

아내에게 처방된 항우울제들을 하나씩 조사해 봤는데 수십 년 전에 개발된 것이 대부분으로 오랫동안 임상에서 검증된 안정적인 약물들이었습니다. 부작용이 있어도 식욕감소나 메스꺼움 같이 심각하지 않았고 발생 확률도 아주 적은 편이었습니다. 게다가 재발 전에 다년간 투병으로 수십 가지 약 중 가장 잘 듣는 약을 알고 있는 만큼 약을 끊었을 때의 이점보다 계속 먹을 때의 효용이 더 크다는 결론을 내렸습니다. 이후에는 약을 계속 먹으며 건강 관리를 하는 쪽으로 방향을 바꾸었고, 이름뿐인 완치에 대한 집착을 버리고 재발 방지를 최우선 과제로 여겼습니다. 저희 집에서는 항우울제를 언젠가는 끊어야 하는 것이 아니라 보약 취급하며 먹을 때도 즐겁게 먹고 있습니다.

이후에도 의료진이 여러 번 약을 끊어보자고 권유했는데 모험은 하지 않겠다고 거절했고, 오랜 시간에 걸쳐 용량과 종류를 조금 줄이긴 했지만 여전히 항우울제를 복용하고 있습니다. 항우울제를 재발 방지의 최후 방어 도구로 삼고 건강관리에 매진하는 것입니다.

10장

tDCS로 살아나다

몇 년이 지난 지금 생각해 보면 tDCS 덕분에
목숨을 건졌다고 생각할 정도로 신세를 졌는데,
오랫동안 같은 기기를 사용하니까 전극 패드가
닳을 정도였습니다.

10

tDCS로 살아나다

재발 후 아내 우울증은 모든 면에서 전보다 파괴적이었습니다. 잠을 전혀 못 자고 어깨 결림과 근육통은 2~3배 강해져서 날카로운 것에 찔리는 통증으로 악화됐고, 한번 처지면 끝도 없이 처져 아무것도 할 수 없었습니다.

놀란 마음에 황급히 항우울제를 다시 처방받아 먹기 시작했지만 효과가 늦게 나타나는 것을 알기에 아내가 버틸 수 있을까 걱정이 됐습니다. 하루에 1~2시간밖에 못 자 아내 자살 충동이 더해졌는데 자기도 모르는 사이에 사고가 날지 모른다는 공포에 어쩔 줄 몰라 했습니다. 너무 힘들어해서 응급실을 드나드는 상황이 되니 자칫 아내 잘못될까 봐 저까지 불안해 밤에 잠을 잘 수 없었습니다.

하루하루 겨우 버티다가 여름철이 되니 찜통더위와 장마철 습기까지 더해져서 도저히 견딜 수 없는 지경에 이르렀습니다. 다니던 병원에 입원 신청을 했지만 빈자리가 쉽게 나지 않아 남은 여름을 날 수 있을지 무서워지기 시작했습니다.

tDCS에 대해 알게 된 것도 그렇게 죽을 고생을 하면서 여름을 보냈기 때문입니다. 아내 우울증은 여름만 되면 심해졌는데 특정 계절에 우울증이 심해지는 것이 2년 이상 반복될 경우 계절성 우울증(Seasonal depression) 혹은 계절성 정동장애(SAD, Seasonal Affective Disorder)라고 합니다. 아내 우울증은 여름에 발병해 계절성 우울증이라는 생각 자체를 하지 못하다가 몇 번의 여름을 힘들게 보내고 나서야 여름 우울증이라는 생각을 하게 됐습니다.

계절성 우울증에 대해 조사해 보니 날씨가 좋지 않은 국가 사례가 많았습니다. 하루는 해외 유튜브 채널, 레딧 등에 올라온 우울증 환자들의 극복 사례를 찾아봤는데 북유럽 국가 환자들의 케이스가 눈에 띄었습니다. 북유럽은 5~8월 사이에 하루 19시간씩 해가 지지 않는 백야 현상이 있어 아내처럼 여름에 고생하는 우울증 환자가 많겠다는 생각이 들었고, 곧바로 스웨덴어 번역기를 돌려서 집중적으로 조사를 시작했습니다. 그리고 그렇게 찾은 한 영상이 눈길을 끌었습니다.

영상 주인공은 스웨덴에 사는 30대 남성으로 우울증에 걸린

지 십수 년이 돼 온갖 고생을 다 했지만 지금은 작은 기기 덕분에 잘 살고 있다고 했습니다. 기계 이름은 줄여서 tDCS라고 했는데 손바닥만 한 크기라 갖고 다니며 매일 15분씩 사용하면서 죽을 고비를 넘겼다고 했습니다. 정말이라면 아내에게 큰 도움이 될 것 같다는 생각이 들었습니다. 특히, 병원에 갈 필요 없이 집에서 사용할 수 있다는 점에서 꼭 구해서 써봐야겠다고 마음먹었습니다.

tDCS라는 단어 자체를 처음 들어 봐서 대체 무엇인지 조사해 봤습니다. tDCS는 경두개직류자극술(Transcranial direct current stimulation)의 줄임말로, 말 그대로 머리에 전류를 흘려보내 뇌를 자극하는 방법입니다. 1~2mA 정도의 미세한 전류라 부작용이 적고 수술이나 주사와 달리 비침습적이어서 항우울제가 발명되기 전부터 오랫동안 사용돼 온 치료법이었습니다.

항우울제가 보편화되면서 tDCS 존재가 잊히다시피 했지만 약물 치료의 한계가 대두되면서 다시 활발히 연구되고 있었습니다. 우울증 치료에 효과가 있는 것은 확실하지만 왜 치료 효과가 발생하는지 정확한 작용 기전은 알려져 있지 않습니다. 전기자극으로 신경세포가 활발해져서 두뇌 활동이 빨라져 인지 개선 효과가 있고, 좌우 두뇌 불균형 개선 작용으로 우울증에도 효과가 있는 것으로 추정하고 있습니다.

tDCS의 치료 효과는 여러 연구마다 조금씩 다르지만 저용량 항우울제와 비슷한 수준으로, 단독 치료법으로 사용하는 경우는 드물고 약과 병행해 치료하는 것이 효과를 극대화하는 방법입니다. 효과가 늦게 나타나는 항우울제에 비해 즉시 효과가 있어 약물 치료의 대안 혹은 상호보완적인 방법으로 사용할 수 있습니다. 원리가 단순하고 부작용이 적어 가정용 기기까지 만들어질 정도로 접근성이 좋아 가정에서 스스로 시행할 수 있는 거의 유일한 치료법이라고 할 수 있습니다.

주먹만 한 기계가 아내를 살리다

국내 tDCS는 아직 걸음마 수준이라 처방 없이 구입할 수 있는 가정용 기기가 없는 것은 물론이고, 병원도 시행 가능한 곳이 따로 있어 가능한 병원을 수소문해서 비용이나 치료 횟수 등을 문의해야 합니다. 가정에서 사용할 경우 부작용이나 오남용을 우려해 접근성을 다소 제한하는 것으로 보입니다.

아내가 재발한 당시에는 국산 제품은 아직 개발 중이라 마냥 기다릴 수 없어 직구를 알아봤습니다. 급한 마음에 해외 여러 브랜드에서 3가지 기계를 동시에 주문했는데 가격이 100~200달러로 아주 비싸지는 않았고 1~2주 만에 받을 수 있었습니다. 건전지로 구동하고 구조나 작동 방식이 비슷해 받자마자 사용할 수 있었습니다. 아내가 사용하기 전에 제 머리에 전극을 붙이고 먼저 사용해 봤는데, 소금물을 묻혀서 적신 전극을 앞머리 특정 부위에 붙이고 헤드밴드를 써서 고정하면 모든 준비가 끝났습니다. 전류량을 다이얼로 조절해서 0.5mA부터 2mA까지 흘려보내면 되는데 1회 세션을 15~20분 정도로 매일 하면 보름 정도면 효과를 볼 수 있다는 설명이 있었습니다.

기기 최대 허용 전류인 2mA로 설정하고 15분씩 일주일을 해도 별 효과를 보지 못해 실망이 컸습니다. 전극을 붙인 부위가 조금 뜨끈해지는 것 외에는 아무런 느낌이 없었는데 그래도 계속 사용해서 보름 정도가 되니까 전극에 가까운 눈에서 불꽃이 번쩍하는 것 같은 현상을 경험했습니다. 이때부터 하루하루 절망적이던 제 마음이 조금씩 누그러지면서 긍정적으로 변해가는 것을 느꼈습니다. 걱정을 덜하게 되니까 버틸 수 있는 기운도 생기고, 어떻게 이 고난을 헤쳐 나갈지 궁리하자는 식으로 의지가 강해지는 효과도 있었습니다. 놀라서 아내에게 꼭 우울증 말고도 효과가 있는 것 같다고 이야기를 하니 자기도 해보겠다고 했습니다.

그렇게 아침마다 부부 둘이서 기기를 켜서 전극을 머리에 붙이고 tDCS 요법을 매일 시도했는데, 아내는 효과가 좀 더 빨리 나타나 열흘 정도 되었을 때 저와 똑같이 불꽃이 튀는 것 같은 현상을 경험했고 치료 효과를 보기 시작했습니다. 이때 본 불꽃은 길을 걷다 부딪힐 때 잠시 보이는 불꽃과 같은데 처음에는 계속 사용해도 괜찮을까 불안했지만 사용 후기를 찾아보니 같은 경험을 한 후 치료 효과를 본 사람들이 많아서 기기 사용을 이어갔습니다.

성공 사례를 보면 사용한 당일 즉시 효과를 봤다거나 항우울제보다 효과가 좋았다는 이야기가 있었는데 제 경우에는 처음에는 전혀 체감되지 않다가 보름 정도 연속 사용한 후 차이를 느끼기 시작했습니다.

아내는 항우울제를 복용해서 그런지 효과가 훨씬 빨랐고 단순히 걱정이 줄어들고 긍정적으로 되는 것 외에 다양한 효과가 있었습니다. 초기에는 기운이 돌아오고 인지 능력이 개선되는 효과가 있었는데 보름 정도 더 사용하자 두통이 없어지고 가슴을 쥐어짜는 통증도 훨씬 덜했습니다. 예상보다 훨씬 빠르게 기운을 내고 긍정적으로 변해서 힘든 여름을 나는 데 큰 도움이 됐습니다. 그렇게 반년 가까이 매일 tDCS 기기를 사용하면서 우울증 위기에서 빠져나왔는데, 기기 사용을 중단한 후에도 기기를 가지고 있다는 사실만으로도 든든할 정도였습니다.

재발로 인한 위기를 이겨낼 수 있었던 것은 tDCS 덕분이라고 할 수 있을 정도였는데 전쟁터에서 혼자 싸우다 아군이 생긴 기분이었습니다. 그렇게 위기를 벗어나니까 이런 유용한 치료법을 몰랐다는 생각에 분할 정도였습니다.

tDCS는 병원에 가지 않고 집에서 직접 할 수 있다는 점이 정말 좋았습니다. 재발 전에는 항우울제 말고는 특별한 대응 수단이 없었는데 tDCS를 쓰면서 약물 치료 외 방법에도 눈을 돌리게 됐습니다. 바닥을 쳤던 아내 컨디션이 회복되면서 운동을 시작했고 추가로 식이요법, 수면, 위생 등 식습관과 생활 환경까지 개선하니 회복 속도가 더욱 빨라졌습니다. 이 모든 것들이 집에서 할 수 있는 방법이라 스스로 강도를 조절해가며 최대의 효과를 볼 수 있었고, 수면이 조금 부족해도 운동시간을 늘리는 식으로 하나가 잘못돼도 다른 것으로 보완하는 것이 가능했습니다.

이렇게 다각도로 노력을 기울여도 여름철 더위가 심하거나 장마가 길어져 다시 우울증이 스멀스멀 올라올 때면 증상이 악화되기 전에 tDCS를 다시 사용해 고비를 넘길 수 있었습니다. 대학병원은 당일 방문이 안되고 진료 예약을 해야 되는데 진료일에도 대기시간이 길어 망연자실할 때가 많았습니다. 사실 진료를 본다고 해도 약 처방이 전부인데 항우울제 특성상 바로 효과를 볼 수 있는 것이 아니어서 고비 때마다 tDCS 역할이 컸습니다.

몇 년이 지난 지금 생각해 보면 tDCS 덕분에 목숨을 건졌다고 생각할 정도로 신세를 졌는데, 오랫동안 같은 기기를 사용하니까 전극 패드가 닳을 정도였습니다. 새로운 전극 패드를 주문하면서 혹시 기기 본체가 고장날까 봐 추가 기기도 구입했는데 실제 고장이 났을 때 당황하지 않고 바로 새 제품을 꺼내 요긴하게 사용했습니다. 이후로 지금까지 tDCS 기계와 소모품을 넉넉히 준비해서 가까운 곳에 비치해두는 버릇이 생겼을 정도로 크게 의지하고 있습니다.

가정용 경두개직류자극술(tDCS) 기기의 특징 및 사용방법

아내의 투병 기간은 길고도 고통스러운 시간이었는데 tDCS를 알고 있었으면 훨씬 수월하게 지나갔을 거라고 생각합니다. 우울증으로 고생하는 주변인에게 권하거나 인터넷 커뮤니티에 글을 올리곤 했는데 해외에서 기기를 구매해서 사용하다 보니 설명서가 영어로 돼 있고, 내용이 매우 부족해 기계를 구입하고도 사용법을 몰라 난처해하는 경우가 많았습니다.

시중에서 구할 수 있는 tDCS 기기는 대부분 2개의 전극이 달려있는데 검은색 혹은 파란색의 음극(-)과 빨간색의 양극(+)으로 나뉘어져 언뜻 보면 전기공사에 사용하는 전압 테스트기처럼 생겼습니다. 이 음극과 양극을 바로 머리에 붙이는 것이 아니라 스펀지로 만들어진 패드에 전극에 꽂아서 머리에 붙입니다. 전류가 잘 흐르도록 스펀지를 소금물에 적시는데 살짝 적시는 것이 아니라 푹 적셔서 효과를 극대화해야 합니다. 패드를 부착할 때 얼굴에 닿는 부분이 흥건하게 젖기도 하는데, 불편하면 흐르지 않는 전도성 젤을 대신 사용해도 됩니다.

젖은 패드가 머리에 잘 붙지 않아 음극, 양극 두 가지 패드를 이마 적당한 부위에 위치시키고 나면 헤드밴드 같은 것으로 고정합니다. 대부분은 테니스용 헤드밴드처럼 신축성 있는 재질의 머리띠 같은 것을 사용하는데, 흥건하게 젖은 스펀지에 전극을 꼽고 헤드밴드를 쓴 모습이 보기 흉해 초심자는 적응 기간이 필요합니다.

여기서 각 전극의 부착 위치를 어디로 할지가 중요한데 각종 논문과 연구를 통해 가장 효과적이라고 밝혀진 위치에 사용하는 것이 일반적입니다. 우울증 치료를 할 때는 두 전극을 이마 좌우에 붙이지만, 만성통증 경감을 위해서는 정수리 부위를 사용하는 등 원하는 효과에 따라 전극 위치를 바꿔야 합니다. 우울증에 가장 좋은 위치가 어디인지는 연구마다 조금씩 다르지만 보통 인용 횟수가 수백 회 이상인 유명 논문을 기준으로 정리해 보면 공통적인 부위가 있습니다.

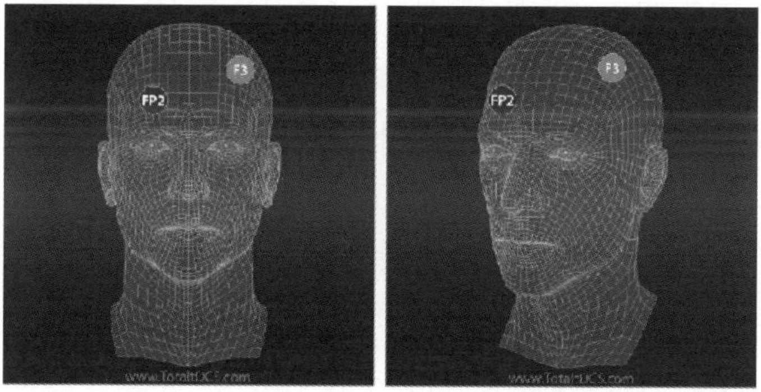

<연구 논문 인용 횟수가 많은 tDCS 전극 부착 위치
(이미지 출처 : TotaltDCS 홈페이지)>

우울증 치료 목적으로 tDCS를 시행할 때는 음극을 FP2(우측 안와상부, Right Supra-orbital area)에 붙이고 양극을 F3(좌측 배외측전전두엽, Left DLFPC)에 위치시킵니다. 명칭이 어렵지만 쉽게 말하면 FP2는 오른쪽 눈썹 위 3~5cm 부분이고, F3는 왼 눈썹에서 수직으로 한 뼘 정도 위쪽을 말합니다. FP2는 살갗 위에 있어 패드 부착이 어렵지 않지만 F3는 머리카락이 있는 부위라 조금 까다롭습니다.

전극을 붙이는 위치는 아주 정확하지 않아도 되니 너무 부담을 가질 필요는 없습니다. 개인마다 최고의 효과를 내는 위치가 다르고 정도의 차이가 있어 처음에는 해당 영역에 적당한 위치를 정해서 시도해 보고 효과가 있으면 조금씩 위치를 바꿔보고 효과 좋은 부위를 찾는 것이 좋습니다.

인터넷에서 tdcs.com 혹은 totaltdcs.com 웹사이트에 접속하면 tDCS 전극 부착 위치를 그림으로 손쉽게 찾아볼 수 있고, 근거가 되는 논문도 살펴볼 수 있습니다. 이들 논문은 인용 횟수도 많은 편이고 전극의 크기나 두께, 전압 전류 설정을 어떻게 했을 때 가장 좋은 효과를 냈는지도 함께 다루고 있어 한 번쯤 읽어보는 것을 추천합니다. 만약 우울증 치료를 위한 다양한 전극 위치에 대해 직접 검색하려면 'tDCS Montages for Depression' 혹은 'tDCS Electrodes placement for Depression' 등의 검색어를 사용하면 됩니다.

tDCS 장비는 판매된 지 오래 돼 여러 제조사의 다양한 제품이 있는데 지금까지 제가 사용해 본 장비는 Omni Stimulator, Fisher Wallace Stimulator, BrainDriver v2 등 총 세 가지입니다. 전부 미국에서 출시한 제품이라 아마존 등에 실제 사용자 리뷰가 있습니다. 수많은 리뷰를 통해 가장 평이 좋은 제품을 고른 것이 위 3가지 제품입니다.

결과적으로 Omni Stimulator는 쓰기에 불편했고 두피에 따가운 느낌이 들어서 곧 사용하지 않게 됐습니다. Fisher Wallace Stimulator는 세 가지 제품 중 가장 유명하고 비싼 제품이었는데, 가격이 부담스럽고 작동 방식이 다른 기기들과 조금 달라서 추천하기 어려운 면이 있습니다.

BrainDriver v2는 사용법도 간단하고 작동 방식이 편리해 가장 많이 사용한 기기입니다. 특히, 20분 후 자동으로 꺼지는 타이머가 있어서 패드를 붙이고 전원만 켜면 추가 조작 없이 알아서 동작하고 꺼지는 것이 마음에 들었습니다. 가격도 100달러 초반대로 크게 비싸지 않아 전체적으로 가장 추천하는 기기입니다.

11장

우울증을 이기기 위한 건강한 소비 시작하기

우울증 환자는 신체적으로도 체력이 떨어져 있어
물건을 사거나 고르는 일 자체도 버겁습니다.

11

우울증을 이기기 위한 건강한 소비 시작하기

우울증이 심하면 물욕도 없어져서 좋은 물건을 봐도 감흥이 없어 쇼핑은커녕 끼니를 때울 음식을 사는 것도 엄두가 나지 않습니다. 우울감을 떨치려고 충동 소비를 해 카드 빚에 시달리는 경우가 있다는 이야기를 들었지만 아내는 양상이 전혀 달랐습니다. 끝도 없는 무기력증에 빠져서 투병 기간 동안 식재료나 생필품 외에는 스스로를 위한 지출이 없다시피 했습니다.

TV에서 하루가 멀다고 '소확행'이다, '욜로'다 이야기를 해도 아내는 철저히 지갑을 열지 않았는데, 혹시 가고 싶은 곳이나 사고 싶은 것이 있냐고 물으면 언제나 "없다."라고 했습니다. 처음에는 아내가 본래 알뜰한 사람이라 그런 거라고 생각했지만 사고 싶은 것이 아예 없고, 가고 싶은 곳도 없고, 먹고 싶은 것도 없는 상태가 계속돼 걱정이 됐습니다. 어쩌다 지출을 해도 죄다 아이들이나 저를 위한 것이었고 본인을 위해서는 한 푼도 쓰지 않았는데 그렇게 2~3년이 흐르자 아무래도 우울증 증상일 수 있겠다는 생각이 들었습니다.

우울증을 오래 앓으면 모든 것에 흥미가 사라져서 감각도 무뎌지고 호기심이나 즐거움같이 긍정적인 감정도 없어집니다. 그러다 보니 대부분은 '갖고 싶은 물건'을 사는 것이 아니라 안사면 안되는 '필요한 물건'만 사게 됩니다. 사고 싶은 것을 사는 것이 아니니 소비가 즐겁지 않고 금전적 압박감을 느끼니 즐거움 대신 좌절감, 분노, 걱정, 슬픔같이 부정적인 감정이 더해집니다. 먹고살기 위해 어쩔 수 없이 하는 행위라 돈은 돈대로 나가고 불편하고 힘든 일이 됩니다.

우울증 환자는 신체적으로도 체력이 떨어져 있어 물건을 사거나 고르는 일 자체도 버겁습니다. 무기력한 상태에서 이런 일이 반복되면 더욱 소비를 기피하게 됩니다. 소비로 인한 금전적 손실에 대해서도 방어적인 자세를 취하게 되는데, 현재의 소비가 노후의 안녕을 위협한다는 생각에 가능하면 최대한 줄이려고 합니다. 미래에 대한 걱정과 불안감이 심하면 더욱 소비를 하지 않게 되고 심하면 식비까지 줄이는데 제대로 된 식사 대신 저렴한 간편식을 사 먹으면서 편하고 경제적이라 좋다고 생각하곤

합니다.

아내도 우울증을 앓으면서 소비에 대한 사고방식이 축소지향적으로 변해 있었고 식사도 돈과 시간이 아깝다며 밥과 빵, 간편식 위주로 먹었습니다. 병으로 입맛도 없고 운동량까지 줄어서 식욕도 느껴지지 않아 끼니를 대충 해결하려고 했습니다. 결과적으로는 자극적이고 찬 음식을 먹으니까 배는 부른데 속이 불편해 소화가 잘되지 않고, 그러다 보니 기운이 없어서 다시 자극적인 음식을 찾는 악순환이 반복됐습니다.

식사 외에도 모든 소비를 줄이기 시작해서 몇 년이 지나니 옷이나 가방이 해지고 신발도 닳아서 걸으면 발이 아픈데 계속 신기도 했습니다. 휴대폰은 구형이 된 지 오래고 떨어뜨려서 화면이 다 깨졌는데도 바꾸지 않겠다고 고집했는데, 새것을 사와도 애들 준다고 해서 바꾸는 데 애를 먹었습니다.

생필품도 줄이는 마당에 취미나 여가 활동에 돈을 쓸 리 만무해서 여행이나 나들이, 외식 이야기가 나오면 한사코 마다했습니다. 우울증 때문에 과다한 걱정을 해서 지출을 하지 않는 것인지, 정말 경제 사정이 우려돼 그런 것인지 정확히 알 수는 없었지만 이대로 가면 아내는 아무런 자극이 없는 무미건조한 삶을 살게 될 것이라 우울증에도 좋을 리 없어 보였습니다.

우울증 환자의 특징, 극단적인 긴축

저희 부부는 결혼 후 쭉 가계부를 쓰고 있는데 처음에는 공책에 연필로 적다가 PC로 작성하는 것으로 바꾸고, 다시 스마트폰 앱으로 바꿔서 13년가량 계속하고 있습니다. 스마트폰 가계부는 카드사에서 오는 휴대폰 문자를 기반으로 어디에 얼마를 썼는지 자동으로 기록해 줘서 예전에 손으로 직접 쓰던 것과는 비교할 수 없을 정도로 편합니다. 모든 지출이 식비, 교육비, 통신비 등 각 항목으로 나뉘어 합산돼 그 달의 총지출 중 식비가 몇 퍼센트인지, 비율도 쉽게 파악할 수 있습니다.

가계부를 열어서 항목별 지출 추이를 살펴보니 아내가 우울증에 걸리기 전과 후의 차이가 뚜렷했습니다. 우울증 이전에는 식비가 전체 지출에서 10~15%를 차지하고 여행, 숙박, 영화 관람 등에 2배 더 많이 썼습니다. 아이들 데리고 동물원이나 놀이공원은 물론이고 여행도 자주 갔는데, 우울증 진단을 받은 후로는 행동반경이 줄어 주말에도 집에만 있어 여가에 지출한 금액은 눈에 띄게 축소됐습니다.

우울증이 심해지고 나서는 그 양상이 더욱 뚜렷해서 주된 소비가 의식주에 한정돼 있었고, 거의 대부분의 지출이 식재료와 광열비, 아이들 교육비처럼 필수 항목이었습니다. 이전에 꾸준히 지출하던 외식비, 여행비 등이 사라지고 그 자리를 약값과 병원비가 대신했습니다.

병이 깊어진 무렵에는 아예 외출도 하지 않고 배달로 모든 것을 구입해서 병원비 외에는 대부분이 온라인 결제였습니다. 보석이나 장신구 같은 사치품은 아예 찾아보기 어려웠고, 머리를 꾸민다든가 치장하는 일도 줄어들어 기록만 보면 마치 숨만 쉬고 사는 사람의 가계부 같아 서글펐습니다.

아프기 전에는 커피숍에서 차도 마시고, 케이크 같은 간식도 사 먹은 기록이 보이는데 아프고부터는 밥을 거르거나 김밥 혹은 편의점에서 대충 먹고, 사회생활도 없어져 경조사비가 0원이 되는 등 거의 밖에 나가지 않고 집에만 틀어박혀 지내는 생활이었습니다. 본인을 위한 소비가 없으니 건강에도 좋지 않았을 텐데 미리 알아차리지 못한 게 미안한 마음이 들 정도의 긴축이었습니다.

여가활동을 해야 숨돌릴 틈이 생긴다

계속 이런 식이면 병이 낫지 않을 것 같다는 생각에 '건강한 소비'를 시도했습니다. 아내가 돈을 아끼는 것을 자랑스러워하는 측면이 있어 약간의 트릭을 썼는데, 건강 관리 프로그램이나 헬스장 회원권 등을 장기로 저렴하게 결제하고 혜택을 보지 않으면 손해로 만들었더니 효과가 아주 좋았습니다.

건강한 소비를 계속할 수 있도록 돈을 쓰는 방식에도 주의를 기울였는데, 아내가 돈을 쓰는 행위 자체에서 스트레스를 받아

결제 횟수와 방법을 조절해서 스트레스를 줄이려고 했습니다. 예를 들면, 매달 돈을 지불하는 것보다 분기별, 반기별로 몰아서 결제했는데, 보통 기간을 길게 해서 선결제를 하면 추가 할인 혜택이 있어 아내도 절약하는 느낌으로 받아들였습니다. 필라테스나 요가 교습은 3~6개월 단위로 될 수 있는 대로 길게 결제했고, 호텔 피트니스는 연간회원권을 사서 1년에 한 번만 결제하니 아내 스트레스가 상당히 줄었습니다.

그렇게 시작한 건강관리는 지출한 비용이 한 푼도 아깝지 않을 정도로 성공적이었습니다. 시설이 좋아 운동하러 가는 것 자체가 즐거웠는데, 이를테면 수영장 물이 따뜻해서 들어만 가도 기분이 좋았고 추운 겨울에도 오랫동안 연습할 수 있었습니다.

하루에도 여러 번, 아무 때나 가서 운동해도 되고 사람도 많지 않아 아내 체력이 허락하는 만큼 운동했습니다. 부부동반 가입 시 할인을 해주고, 한 달 동안 호텔 매장에서 커피를 무료로 마실 수 있는 등의 자잘한 행사도 많았는데 돈 걱정에 망설이던 아내가 굉장히 기뻐했습니다.

운동으로 아내 컨디션이 좋아지는 것을 목격한 후에는 다른 소비에도 비슷한 방법을 적용했습니다. 아내가 지출할 때마다 돈 걱정을 하니 비싸도 품질 좋은 서비스를 선택하고 가능하면 한 번 지불하면 추가 지출 없이 서비스를 받을 수 있도록 했습니다.

여행을 예로 들면 숙소와 식사를 별도의 장소에서 따로 계산

하는 것이 싸지만, 그렇게 하지 않고 하루 세 끼 식사가 숙박비에 포함된 숙소를 예약하는 것입니다. 여행 중에는 돈을 쓰기만 하지 벌 일이 없어 비용을 신경 쓰지 않을 수 없는데, 식사 비용을 사전에 다 지불하면 여행 중에는 추가로 돈 나갈 일이 없어서 마음 편한 여행이 됩니다.

식사를 할 때마다 지출을 한다면 '한 끼는 대충 때우자.'라는 식으로 돈 아낄 생각을 할 수 있는데 모든 일정의 식사를 미리 결제하니 식사를 하지 않는 것이 오히려 손해가 됩니다. 이러면 우울증으로 입맛 없는 아내도 본전 생각에 조금은 먹게 되니 좋은 선택이었습니다.

식사도 뷔페식당이 있는지 살펴서 추가 지출 행위 자체를 피할 수 있도록 했습니다. 레스토랑이 숙소 내에 있으면 멀리 이동하지 않아도 되니 아내가 덜 피곤했고, 식사 시간도 넉넉해서 좋았습니다. 뷔페라 뭘 먹을지 고민할 필요도 없고 앉자마자 식사를 할 수 있는 것도 편리했습니다. 제가 맛있다고 몇 접시 더 먹으면 아내는 이득 본 기분이 들어서 여행 참 잘 왔다고 즐거워했습니다.

운동과 여행 두 가지를 시도한 것이 궁합이 잘 맞아서 뜻밖의 상승효과를 보기도 했습니다. 이를테면 여행지를 고를 때 수영장이 있는 숙소를 골라 묵으면 수영을 계속할 수 있어서 몸이 건강해지는 여행이 됐습니다. 아내가 수영을 잘하게 되고부터는 종종 바닷가 근처로 나들이를 가서 바다수영을 하기도 했는데 탁 트인 하늘 아래에서 수영을 하니까 스트레스가 다 없어지는 기분이었습니다.

꾸준히 운동을 하면서 여행을 다니는 식으로 소비를 하니까 우울증에도 좋은 변화가 찾아왔습니다. 아내는 매일 아침 수영으로 하루를 시작했는데, 그렇게 매일 수영을 하니 실력이 빠르게 늘어서 재미도 느껴졌고, 어느 순간부터는 건강을 위해서라기보다 취미처럼 느껴졌습니다. 건강관리와 여가라는 두 마리 토끼를 다 잡은 셈이었습니다.

나를 가장 사랑하는 사람은 바로 나

매일 수영을 계속하고 반년 정도가 지나자 아내 컨디션이 눈에 띄게 좋아지는 것이 보였습니다. 우울증이 심할 때는 통증을 달고 살았는데 운동을 하니까 통증이 조금씩 줄어들었습니다. 그렇게 통증이 관리할 수 있는 수준으로 내려오니 아내 얼굴에 화색이 돌기 시작했습니다. 운동으로 인한 근육통이 새로 생기긴 했지만 우울증으로 인한 통증과는 달리 원인이 명확해 크게 걱정하지 않았습니다.

이때부터 아내는 통증의학과 치료도 열심히 받고 집 근처 한의원에서 매일 침을 맞으며 통증을 잡으려고 노력했습니다. 우울증에 잠식돼 모든 의욕을 상실하고 치료도 꺼리던 전과는 달리 적극적인 모습에 적잖이 놀랐습니다. 의료비 지출도 늘었는데 아내가 비용 걱정에 치료를 그만 받을지 몰라서 걱정했지만 매일 병원에 다니면서 필요한 치료를 잘 받아서 아내가 전과는 달라졌다는 생각이 들었습니다.

어느 날은 퇴근하고 집에 가니, 전에 보지 못했던 일본어 시험 교재가 여러 권 있었습니다. 아내가 일본어 자격증을 따려고 공부를 시작했는데, 아내가 자기를 위해 뭔가를 산 게 몇 년 만인가 싶어 깜짝 놀랐습니다. 아내는 요즘 책이 비싸다며 고민 끝에 샀다고 하는데 저는 속으로 싱글벙글이었고, 일본어 시험이라는 장기적인 목표를 잡은 걸 보면서 아내가 우울증에서 빠져나오는 것 같아 마냥 기뻤습니다.

아내에게 필요한 것이 생겼다는 것도 반가웠지만 그보다 더 좋았던 것은 목표를 달성하고자 '비싸도 산다.'라는 결정을 했다는 점이었습니다. '나는 중요한 사람이다.', '나는 할 수 있다.'라는 자기애적 사고가 없으면 불가능하기 때문입니다. 소비도 스스로를 사랑하는 방법 중 하나인 것임을 알게 된 것입니다. 장족의 발전으로 이제 고비를 넘겼다는 안도감이 들었습니다.

우울증 환자를 위한 돈 걱정 줄이는 방법

결과적으로 아내는 운동으로 살아났다고 할 수 있을 정도로 효과를 톡톡히 봤습니다. 만약 돈이 아까워서 운동을 하지 않았다면 어떻게 됐을까 생각만 해도 아찔합니다. 운동을 시작하고도 수영같이 잘 맞는 운동을 찾기까지 시간이 오래 걸려 돈 걱정으로 도중에 그만뒀다면 우울증도 심해졌을 것이고, 지출에 대한 저항이 심해져서 하마터면 영영 헤어 나오지 못했을 거라고 생각합니다.

우울증이 심할 때는 만사에 부정적이고 모든 게 자기 탓인 것만 같습니다. 우울증의 인지왜곡으로 인한 현상으로 자존감이 바닥을 치고 만사가 다 자기혐오로 이어집니다. 주위에 폐만 끼치는 '쓸모없는 나'를 위해 돈을 쓴다는 것은 말이 되지 않아 극도의 긴축을 시작하고, 더 나아가 돈을 아끼지 않으면 파국이 올 수 있다는 불안에 사로잡혀 아무런 소비를 하지 않게 됩니다.

아내와 운동을 시작할 때도 비용 걱정을 많이 했는데 돌이켜보면 아내는 우울증에 걸리기 전에도 열심히 일만 했지 스스로를 위해 돈을 써본 경험이 거의 없었습니다. 쉬는 것이나 여가 활동에 돈 쓰는 것이 익숙하지 않은 사람이라 운동같이 필수적이지 않은 활동에 지출하는 것이 어색하기만 한데 우울증까지 심하니 더욱 움츠러들었습니다.

아내가 다시 돈 걱정을 하게 되면 운동도 멈추고 우울증에도 좋지 않을 것이라는 생각에 어떻게든 걱정을 덜하게 할 방법을 고민하기 시작했습니다. 우선 시도한 것은 지출 타이밍을 보너스나 수당같이 추가 수입이 들어오는 때로 맞추는 것이었습니다. 다행히 이 방법은 잘 통해서 아내 스트레스를 많이 줄였습니다. 예를 들어, 피트니스 회원권을 매년 12월에 갱신했는데 1년치 비용을 한 번에 지불하니까 금액도 크고 시기적으로도 연말 모임 등 이런저런 지출이 많을 때라 부담이 됐습니다. 이렇게 큰돈이 나가는 항목은 지출 시기를 조정해서 연봉 인상 시기나 보너스 달에 지불할 수 있도록 했습니다. 보너스가 나오면 통장 잔고가 넉넉해지니 큰돈이 나가도 걱정이 덜 되고 쓸 돈을 다 쓰고 나서도 통장 잔고에 여유가 있는 것을 보여주면 아내도 안심하고 스스로를 위한 지출을 계속할 거라고 생각했습니다.

보너스가 없을 때를 대비해서 예금이자나 투자 상품 만기 역시 같은 달에 나오도록 했습니다. 매해 3월로 하면 연말정산 환급금도 기대할 수 있어 이자수익과 환급금으로 넉넉한 잔고를 아내에게 보여주고 각종 결제를 몰아서 하고 있습니다.

시기만 조절한다 뿐이지 들어온 돈과 나가는 돈의 총액은 같으니까 조삼모사 같을 수도 있지만 매달 잔고를 흑자가 되도록 유지한 것이 효과가 커서 아내 걱정도 한결 줄고 소비도 조금씩 회복됐습니다. 당장 잔고가 부족한데 카드로 결제하는 일도 없어지고 수중에 있는 돈을 쓰는 것이 마음이 편해서 기업으로 치면 지속적인 투자를 하기 위해 잉여현금흐름을 유지하는 것과 비슷합니다.

다음으로 시도한 방법은 가계부 결산을 매달 아내에게 보여주는 것이었습니다. 스마트폰을 이용한 가계부라서 지출 항목이 자동으로 기록돼 매달 말에 식비, 생활용품, 교육비, 의료비 등 지출 항목별 합계를 뽑아서 보여줬습니다. 운동 비용도 건강 유지비로 별도로 기록해서 아내에게 총 얼마나 지출했는지 보여줬습니다.

건강 유지비는 몇 년 동안 가계 지출에서 가장 큰 비중을 차지한 항목이었는데 아내 우울증이 심할 때는 전체 지출의 15~20% 가량을 차지하던 것이 병이 호전되면서 조금씩 줄어 현재는 9~12% 정도를 차지하고 있습니다. 막상 결산을 해보면 어떤 경우에도 아내가 걱정했던 것만큼 큰 비용이 나가지 않았고, 아내가 건강해질수록 의료비가 줄어들어 아내에게 동기부여가 되기도 했습니다.

특히 좋았던 것은 순자산 추이를 차트로 볼 수 있는 것이었는데, 매달 우상향으로 꾸준히 증가하는 그래프를 통해 지출을 해도 잔고가 늘어나는 것을 보여주니까 막연했던 걱정이 사라지고 안심하는 모습을 보였습니다. 몇 년을 그렇게 하니 아내가 '내가 너무 걱정했다.', '어쩌면 우울증도 나을 수 있겠다.'라는 생각을 하게 됐습니다. 효과가 있었던 방법을 요약하면 다음과 같습니다.

<지출 걱정을 줄이는데 효과적인 방법들>

잉여현금흐름을 유지한다

- 나가는 돈보다 들어오는 돈이 많게 해 매월 잔고가 (+)가 되도록 유지합니다.
- 가계에 적자가 나면 소비 심리가 위축되니 현금흐름을 흑자로 만들어야 건강관리에 집중할 수 있습니다.
- 현실적으로 돈을 더 벌 수 있는 방법은 많지 않으므로 액수가 큰 지출의 타이밍을 조절합니다(피트니스 연간회원권, 자동차 보험, 가구 교체, 아이들 치아 교정 등 고액 결제가 대상).
- 연봉 인상 소급분, 보너스, 연말정산 환급금 등을 고려해 통장 잔고가 넉넉할 때 지출할 수 있게 결제 시기를 조율합니다.
- 정기예금, 투자 상품 등에 가입하고 이자나 수익금이 지급되는 시기를 일치시킵니다.
- 여의치 않을 경우 신용카드 무이자 할부를 알아보거나 업체에 분할 결제를 요청합니다.

가계 상황을 투명하게 공유한다

- 가계부를 작성하고 매달 말 결산을 통해 수입과 지출 합계를 공유합니다.
- 건강과 여가에 투입한 금액이 얼마인지, 비중은 어느 정도인

지 알 수 있도록 합니다.
- 잉여현금흐름과 순자산 현황을 공유해서 막연한 걱정 대신 건강관리를 계속할 수 있도록 합니다.
- 복잡한 숫자보다 월별 추이나 비중을 보여주는 차트를 제공하고 순자산이 장기간 안정적으로 증가하는 모습을 보여주면 가장 효과적입니다.

칭찬을 아끼지 않는다

- 우울증으로 소비성향이 극도로 위축돼 스스로를 위한 지출에 인색해집니다.
- 금액 부담에서 눈을 돌려서 건강관리와 여가에 지출할 수 있도록 응원합니다.
- 여의치 않을 때는 부부동반 활동을 먼저 시도하고 사소한 것도 잘했다고 칭찬합니다.
- 인지왜곡으로 인한 부정적 사고를 막고 스스로를 위한 투자를 계속해서 '하고 싶은 것'이나 '목표'가 생길 때까지 돕는 것이 핵심입니다.
- 본인만의 목표나 지향점이 생기면 필요한 만큼 투자할 수 있도록 독려하고 건강한 소비로 원하는 바를 이룰 수 있도록 돕습니다.

아내는 운동에 돈과 시간을 투자하면서 몸과 마음이 건강해졌고, 바닷가 여행을 다녀와서 수영에 눈을 떴습니다. 수영은 취미로도 제격이라 매일 해도 재미있고 목표의식도 생겨 아내도 들인 돈이 아깝지 않다고 생각했습니다.

수영은 아내의 소비성향에도 긍정적인 영향을 끼쳤는데, 예를 들면, 좀 더 편한 수영복을 저렴하게 구입하면 아주 즐거워했습니다. 여행을 가서도 다양한 환경에서 수영하는 것을 좋아해 수심이 깊은 곳이나 파도가 치는 곳에서 수영하면 아주 재미있어 했습니다. 돈을 잘 쓰면 좋은 일이 생기니 아끼는 것만이 능사가 아니라는 것을 알게 된 것입니다.

12장

우울증과 싸우며 알게 된 삶의 소중함

지난 7년 동안 너무 힘들어서 한계에 몰렸던 적도
있었지만 어찌 보면 삶에서 정말 소중한 게 무언인지
깨닫는 과정이었던 것 같습니다.

12

우울증과 싸우며 알게 된 삶의 소중함

저에게 아내는 평생 하나뿐인 친구이자 동반자입니다. 스무 살 철들고부터 늘 아내하고 함께여서 같이 살아온 날을 따지면 부모님보다 아내와 지낸 시간이 길 정도입니다. 그만큼 서로를 잘 알아서 대화도 잘 통하고 둘이서 힘을 합치면 못할 게 없다고 생각할 정도로 든든했습니다.

토끼 같은 아이들이 태어나고 저희 부부는 세상에서 가장 행복한 사람 중 하나였습니다. 풍족하지는 않아도 네 식구 맛있는 밥 먹고 웃고 떠들면 남부러울 것이 없었습니다.

그렇게 아이들 키우며 열심히 살던 아내가 어깨 결림, 두통 등으로 점점 컨디션이 안 좋아지더니 하루 이틀씩 일상생활을 못할 정도로 처지는데 바로 병원에 갔지만 차도가 없고 더 심해져 나중엔 침대에서 나오지 못할 정도로 악화됐습니다.

특별한 원인이 없어 고치기 더 어렵고 의사는 처방 내역을 엉뚱하게 얘기한다든가 정신력을 탓해서 여러 번 병원을 옮기기도 했습니다. 우울증에 공황장애와 불안장애까지 겹쳤고 아내는 이렇게 힘들게 공포와 불안에 빠져 사느니 죽는 게 낫다는 생각을 하기 시작했습니다.

아내가 24시간 내내 자살 충동에 시달리고부터는 정말 정신없이 살았습니다. 급하게 응급실에 간 것도 여러 번, 조금만 참으라고 거의 다 왔다고 눈물 콧물 범벅이 돼서 매달렸지만 아내는 체념한 듯했습니다. 이러다가 아내가 잘못될까 봐 겁이 났습니다. 병이 낫지 않으니 아내가 언제까지 버틸 수 있을지 두려웠습니다.

아내 건강할 때는 사소한 것 가지고 자존심 세우고 별것도 아닌 것 가지고 부부 싸움도 했는데, 아프고 나니 다 부질없고 그때 왜 그랬을까 후회가 됐습니다. 여태껏 아내가 얼마나 고생했는데 고마운 줄도 모르고 살았다는 생각에 괴로웠습니다.

전에는 "건강을 잃으면 다 잃은 것이다."라는 말을 이해하지 못했는데 아내가 아프니까 무슨 말인지 알 수 있었습니다. 아내만 나을 수 있다면 뭐든 다 할 수 있었지만, 우울증은 돈이 있다고 낫는 것도 아니고 명의를 만난다고 좋아지는 것도 아니었습니다. 괴로워하는 아내를 도와줄 방법이 없어서 무력감에 시달렸고 오로지 바라는 것은 아내가 건강해지는 것뿐이었습니다. 안 아프고 건강하게 웃고 떠드는 평범한 삶이 얼마나 소중한지 뼈저리게 느꼈습니다.

아프지 않으면 행복하다

어느 시점부터 완치는 바라지도 않고 그저 '오늘 아내가 어제보다 덜 아팠으면 좋겠다.'라는 생각을 하고 살았습니다. 밤이면 아내가 몰래 일어나서 안 좋은 생각을 할까 잠도 못 자고, 출근할 때면 혼자 둘 생각에 너무 괴로웠습니다. 이 모든 걸 애들도 함께 겪어 애들한테도 너무 미안해 어떤 순간에는 삶의 의지를 시험받는 느낌이었습니다.

그런데 곰곰이 생각해 보니 저는 병에 걸린 당사자가 아니라 몰랐을 뿐, 아내 같은 우울증 환자는 1분 1초가 지옥 같고, 내가 가장 힘들 때가 그들에게는 일상이라는 생각이 들었습니다. 나까지 포기하면 아내가 더 힘들 거란 생각에 마음을 고쳐먹었습니다.

우선 아내 통증부터 줄여보자는 생각으로 수면·식이·운동의 세 가지 생활습관을 개선하니 조금씩 효과가 있었습니다. 통증이 줄어드니 아내 컨디션이 좋아지고 외출도 할 수 있었습니다. 항우울제를 먹으며 운동을 계속하니 효과가 더 좋아서, 집에서는 저와 함께 웨이트 운동을 하고 밖에서는 필라테스와 요가를 열심히 했습니다.

무엇보다 효과가 좋았던 운동은 수영입니다. 효과가 극적이어서 수영한 날과 안 한 날의 차이가 컸습니다. 물을 헤치고 나아가니 유연성도 좋아지고 근력도 발달해 근육통이 줄어들었습니다. 물속에서는 체중 부담이 90% 가까이 줄어들어 부상 염려 없이 매일 할 수 있어서 아내에게 정말 딱 맞는 운동이었습니다.

그렇게 매일 운동을 다닌지 3년이 다 돼 갑니다. 아내는 이제 저보다 건강해 보일 정도로 좋아졌습니다. 지금도 약을 먹으며 통증 치료를 받고 있지만 외출도 제대로 못하고 누워만 있던 시절을 생각하면 전혀 다른 사람 같습니다. 얼굴에 생기가 돌고 웃기도 하고 농담도 잘해서 아프기 전으로 돌아간 것 같습니다.

아내 우울증이 호전되니 그동안 고생한 시간들이 헛되지 않았다는 생각이 들었습니다. 지난 7년 동안 너무 힘들어서 한계에 몰렸던 적도 있었지만 어찌 보면 삶에서 정말 소중한 게 무엇인지 깨닫는 과정이었던 것 같습니다. 전에는 건강하고 탈 없이 사는 게 얼마나 축복이고 고마운 일인 줄 몰랐는데, 지금은 네 식구 아프지만 않으면 행복하고 더 바랄 게 없습니다. 다른 것은 중요하지 않고 아내와 아이들하고 오래오래 행복하게 사는 것이 돈이나 성공 같은 것보다 훨씬 절실하게 느껴졌습니다.

우울증을 통해 알게 된 부부와 가족의 의미

우울증을 경험하며 느낀 것 중 한 가지는 주변 도움이 필수적이라는 것입니다. 특히, 가족이나 배우자의 지원은 환자에게 구명 밧줄 역할을 한다고 할 수 있습니다. 가족이 있다면 증상을 인지하는 것이 빨라 조기에 병원에 갈 수 있고 치료도 수월해집니다. 중증인 경우에는 병원에 가는 것 자체가 버거울 정도로 처져 진료 때마다 배우자나 가족이 함께 가면 치료에 집중할 수 있어서 큰 힘이 됩니다. 치료가 잘되지 않아서 좌절해도 가족이 지지를 보내고 치료에 함께 한다면 환자 마음이 움직여 치료 효과가 개선될 수 있습니다.

아내는 우울증과 맞서 싸우는 과정이 길고 고통스러워서 여러 번 위기를 맞았습니다. 치료에 대한 의지가 꺾이고 포기하기 직전까지 몰렸지만 저와 아이들을 보면서 기운을 냈습니다. 강력한 지지를 보내는 가족이 옆에서 적극적으로 도우면 삶의 원동력이 되고 이런 관심과 보살핌이 중요한 고비를 넘길 수 있는 힘이 됩니다.

부부는 서로를 잘 알아 건강을 지키는 데 있어 핵심적인 역할을 할 수 있습니다. 배우자 몸 상태가 평소와 다르다는 것을 빠르게 감지하고 어디가 아픈지 살펴서 적절한 치료를 받을 수 있도록 도와줄 수 있습니다. 근육통이나 두통 같은 만성통증은 눈에 보이는 외상이 없어 아픈 곳이 있는지 물어보고 통증의학과 치료를 권하며 상태가 악화되기 전에 대응할 수 있습니다.

치료가 돼도 재발률이 높아 항우울제 복용 외에도 식이, 운동, 수면 등 생활습관을 개선할 수 있도록 같이 노력해야 하는데 24시간 함께 생활하는 배우자나 가족이 아니면 쉽게 할 수 없는 일입니다.

부부는 평생의 동반자라는 말을 숱하게 들었지만 아내가 아프고 나서야 진짜 부부와 가족의 의미가 무엇인지 알게 됐습니다. 부부란 단순히 결혼해서 같이 사는 것이 아니라 죽을 때까지 서로의 건강을 챙겨주고 아프지 않게 도와주는 짝꿍인 것 같습니다. 이번에는 우울증으로 힘든 아내를 제가 보살폈지만 나중에 제가 아프면 아내가 도와줄 거라고 믿으니 만사가 든든하고 곁에 있어주는 것만으로도 고마운 생각이 듭니다.

아이들도 힘들었을 텐데 잘 견뎌줘서 기특하고 고맙기 그지없습니다. 지금처럼 서로 의지하고 잘하면 앞으로 더 큰 고난과 시련이 닥쳐도 무탈할 거라 믿습니다. 가족이야말로 세상에서 가장 든든한 방패막이고 삶의 원동력이라는 것을 알기 때문입니다.

가슴을 울컥하게 한 아내의 말

아내가 아직 항우울제를 먹고 있지만 많이 좋아졌고 틈만 나면 걷고 뛰고 헤엄치니까 통증도 줄어서 다스릴 수 있는 수준이 됐습니다. 한창 심할 땐 잠도 못 자고 컨디션이 오락가락하는 게 심했는데 지금은 기복 없이 꾸준히 조금씩 좋아지고 있어서 상태가 안정적입니다.

아내가 아프지 않은 것만으로도 행복한데 우울증까지 좋아지니까 힘든 일을 해도 콧노래가 나왔습니다. 과거에 힘들었던 것은 다 잊히고 버티니까 좋은 날이 왔다는 생각에 하루하루가 즐겁습니다.

아침에 일어나면 아내하고 같이 수영장에 가는데 아내가 저보다 수영을 훨씬 잘해서 따라잡을 수가 없습니다. 주말에 둘이서 등산을 가면 아내 걷는 속도가 더 빨라서 제가 쫓아가느라 숨이 찹니다. 수영도 등산도 진다고 기분 나쁜 게 아니라 아내가 점점 건강해지는 게 보여서 기분이 좋습니다.

예전에는 한 치 앞을 몰라서 가슴이 답답하고 산책을 해도 고개를 푹 떨구고 다녔는데, 지금은 아내하고 산책하면 마냥 좋습니다. 날씨가 좋은 날 걸으면 경치도 좋고 풀 냄새가 향긋해서 집 앞 공원에만 가도 세상을 다 가진 기분입니다.

아내가 아프지 않으니 아이들도 밝아져서 집안 분위기가 화기애애합니다. 퇴근하면 아내랑 아이들이 반겨주는데 종일 있었던 일을 얘기하면서 한참 동안 이야기꽃을 피웁니다. 아직 여기저기 아픈 곳도 있고 모든 것이 완벽한 것은 아니지만 식구들이 웃고 떠들 수 있으니 다른 것은 크게 걱정하지 않게 됐습니다.

세상을 보는 시선도 바뀌었습니다. 아내가 많이 좋아졌다고 이웃에서 얘기해 주는 게 고맙고, 아내가 계속 운동할 수 있도록 도와주는 주변 사람들에게도 감사한 마음입니다. 주위에 이렇게 좋은 분들이 많은데 이 동네에서 오래 살아야겠다는 생각도 들고 우리 부부도 다른 사람들한테 친절하게 잘 해야겠다는 다짐도 합니다.

얼마 전에는 아내하고 걷는데 길가에 꽃이 길게 심어져 있어서 향기가 참 좋았습니다. 세금으로 나라에서 이렇게 예쁘게 동네를 가꿔주니 사는 게 참 좋다고, 살수록 이득 보는 것 같다며 너스레를 떨었습니다. 아내가 자기도 사는 게 좋아졌다고 말했는데 가슴이 울컥하면서도 듣기 좋았습니다.

13장

아내에게 듣는다

우울증의 '끝'을 찾느라 매몰되지 마세요.

우울증하고 조금씩 거리를 둔다고 생각하세요.

13

아내에게 듣는다

우울증으로 힘들어하는 사람과 가족에게 도움이 될 만한 이야기가 있다면 무엇일까 고민하다가 직접 아내에게 물어보기로 했습니다. 그렇게 시작된 저와 아내의 대화를 질문, 답변 형태로 정리했습니다.

Q1 : 우울증을 겪으며 가장 힘들었던 점은?

- 나 때문에 가정이 망가질 거라는 두려움, 나만 없으면 괜찮아질 거라는 생각.

저희 어머니는 제가 우울증 진단을 받기 훨씬 전부터 우울증을 앓았는데, 우울증과 조증을 여러 번 겪으면서 몇 차례 입원도 하고, 오랜 우울감으로 일상생활이 불가능해지기도 했습니다. 처음 제가 우울증이라는 말을 들었을 때 제일 먼저 떠올랐던 건, 그 당시 엄마의 유령 같은 얼굴과 초점 없는 눈이었습니다.

매사에 기운이 넘치던 엄마가 어떻게 망가져갔는지, 저를 포함한 가족들이 절망하고 서로를 비난했던 과정들이 스쳐갔습니다. '내가 왜 이러지?' 하던 의문에 '우울증'이라는 답이 나오는 순간, 내가 가족을 힘들게 하고 결국 혼자 남겨질 거라는 두려움이 엄습했습니다.

그러다가 '나만 없으면 그런 일은 생기지 않는다.'라는 생각이 스위치처럼 켜졌습니다. 그 생각은 증상이 좋았다, 나빴다를 반복하는 몇 년 동안 저를 괴롭혔습니다.

Q2 : 배우자나 가족의 말이나 행동이 도움이 된 적이 있다면?

- 아이가 입에 넣어준 초콜릿

제가 증상이 심하면 아이들은 무거운 분위기에 집에서 크게 웃지도 못하고 제 눈치를 살폈습니다. 어느 날 저녁, 남편에게 말해 아이들과 외식도 하고 쇼핑도 하고 오라고 했습니다. 눈치 보지 않고 즐거운 시간을 보냈으면 하는 마음이었는데 당시 제가 할 수 있는 최대한의 배려였습니다.

한 시간도 지나지 않아 현관문 열리는 소리가 들리더니 누군가 문을 살며시 열고 캄캄한 방으로 들어왔습니다. 잠깐 부스럭거리는 소리가 나더니 이내 코밑에서 달콤한 초콜릿 향이 났습니다.

"엄마, 아~ 해봐. 초코 먹으면 기분 좋아진대."

작은 애가 넣어주는 초콜릿이 입안으로 쏙 들어왔습니다. 쏟아지는 눈물을 꾹꾹 누르느라 맛있냐고 묻는 아이에게 제대로 대답을 하지 못했습니다. 대신 최대한 쩝쩝 소리를 내려 애썼던 기억이 납니다. 이불을 덮어주고 거실로 달려간 아이가 말하는 소리가 들리더군요.

"아빠! 엄마가 초코 먹었어! 진짜 맛있나 봐."

TV를 보며 도란도란 나누는 이야기들, 남편이 아이들 숙제를 챙기며 하는 잔소리들, 딸이 양치하면서 흥얼거리는 노랫말들이 들리기 시작했습니다. 내가 없어진다는 건, 가족들에게서 이런 일상을 영원히 빼앗는 것이라는 생각이 들었습니다. 초콜릿을 우물거리며 생각했습니다. 그렇게 기억되는 건 죽기보다 싫다고.

그때 입안에 가득했던 초콜릿 향을 아직도 잊을 수가 없습니다.

- "우리가 잘 이겨내서 아이들한테 극복하는 방법을 알려 주면 된다."

2년 정도 복용하던 약을 줄여 단약에 성공했지만 얼마 지나지 않아 재발하고 말았습니다. 밑도 끝도 없이 들이닥친 불안감과 통증은 처음과 비슷하면서도 달랐습니다. 처음 느낌이 큰 바위에 짓눌려 꼼짝할 수 없는 느낌이었다면, 이번에는 도끼로 찍어 누르는 듯한 아픔이었습니다.

재발은 공황증상으로 시작해서 처음보다 빠르게 악화됐습니다. 원래 복용했던 항우울제에 아빌리파이(Abilify, 성분명 Aripiprazole)가 추가로 처방됐는데 적응증은 다음과 같습니다.

1. 조현병
2. 양극성 장애와 관련된 급성 조증 및 혼재 삽화의 치료
3. 주요 우울장애 치료의 부가요법제

양극성 장애와 급성 조증이라는 표현을 보자 우울증에서 조울증으로 발전한 어머니의 병력이 떠오르면서 이루 말할 수 없는 공포에 사로잡혔습니다. 급기야 의사가 입원을 권유했는데 병실이 나기까지 시간이 걸려 그동안 집에서 꼭 보호자와 함께

있어야 한다고 주의를 줬습니다.

남편이 휴가를 내고 저를 돌보면서 많은 힘이 돼주었습니다. '내가 엄마를 닮아 이런 몹쓸 병을 앓는구나.. 우리 딸도 나를 원망하겠구나..' 이런 생각에 갇혀버린 저에게 남편이 말했습니다.

"자식이니까 부모를 닮는 건 당연하지. 우리가 잘 이겨내서, 이렇게 이겨냈다고 알려주면 돼."

누구보다 잘 아는 병이니까, 누구보다 힘이 될 거라고. 그 담담한 위로는 제 마음속 위험한 잔불을 꺼뜨리고 다시 힘을 낼 수 있는 새로운 불씨가 되었습니다.

Q3 : 회복 과정에서 가장 효과가 있었던 방법은?

- 급성기에는 적절하게 항불안제(신경안정제), 수면(유도)제의 도움을 받는다.

우울증이 심하면 불안감으로 절벽 끝에 서 있는 느낌, 자고 싶어도 잠들지 못하는 괴로운 상태가 며칠씩 계속돼 마음을 굳게 먹는 정도로는 해결할 수 없습니다.

신경안정제와 수면제가 처방되는데 처음에는 중독성, 의존성, 마약성, 향정신성 등 부작용이 무서워서 약을 쉽게 먹지 못하고 손에 꼭 쥔 채로 밤을 새웠던 적이 있습니다. 결과는 좋지 않았습니다.

심장이 요동치고, 호흡이 가빠지고, 정신이 아득해지면서 이러다 정말 미쳐버리는 게 아닐까 하는 생각에 남편을 깨워 응급실로 가야 했습니다. 응급실에서 주는 약을 먹고 세 시간 후에 깨어났을 때는 세상이 달라 보였습니다.

"제가 무슨 약을 먹은 건가요?"

"졸피뎀입니다."

제가 밤새도록 손에 쥐고 먹지 않던 약이었습니다.

수면제는 불면증 자체를 치료해 주지 못하고 부작용이 있는 것도 사실입니다. 하지만 며칠씩 잠을 못 자면 우울증이 악화되기 때문에 약을 복용해 악순환의 고리를 끊어야 합니다. 수면이 나아져야 우울감, 불안감이 줄어들고 비로소 긍정적인 생각을 할 수 있습니다.

- 계절성 우울증을 이겨내도록 도와준 tDCS

계절성 정동장애는 특정 계절에 우울감이 심해지는 것을 말하는데 주로 일조량이 줄어드는 가을, 겨울철에 증상을 호소하는 사람들이 많습니다. 여기서 말하는 우울감이란 흔히 말하는 '가을 탄다' 정도를 말하는 것이 아닙니다. 단순히 생각이 많아지고 잠을 설치고 컨디션이 안 좋아지는 정도가 아니라, 계절의 변화 자체가 급성기 우울증상을 촉발하는 원인으로 작용하는 것을 의미합니다.

저는 특히 여름에 우울감, 무력감이 심했는데 낮 기온이 오르고 습도가 높아지기 시작하는 6월에 들어서면 아침에 일어나는 것이 힘들어지고 기운과 입맛이 없어지는 신체적인 변화가 오기 시작합니다. 여기서 잘 대응하지 못하면 불안·수면 장애로 이어져 상황이 안 좋게 흘러가게 됩니다.

남편이 가정용 의료기기라며 본인 머리에 전극을 붙이고 실험을 하기 시작한 것은 제가 힘든 여름을 두세 번 겪고 난 뒤였습니다. 효과에 대해서는 전혀 믿음이 가지 않았지만 남편의 노력이 고마워서 전극을 붙이고 20여 분 누워있는 시늉을 했습니다. 그렇게 며칠을 지냈는데 무시할 수 없는 효과가 나타나기 시작했습니다.

아침에 눈을 뜰 때 느끼는 불안감, 불쾌감이 확연히 줄고 밤에 잠드는 것도 한결 수월해진 것입니다. 거기서 그치지 않고 본격적인 여름이 시작되고도 체력적, 정신적으로 이전보다 훨씬 여유로웠습니다. 처음 2주 동안은 매일 아침 사용하다가 다음 2주는 이틀에 한번, 사흘에 한번으로 줄여가다 보니 어느새 여름이 끝나가고 있었습니다. 그 후로 몇 년 동안 여름이면 tDCS 기기를 사용하며 지냈습니다.

지금은 tDCS 기기를 사용할 일이 없지만 기계를 잘 보이는 곳에 두니까 시각적 플라시보 효과만으로도 제 역할을 톡톡히 하고 있습니다.

제가 tDCS를 사용할 때에는 국내에 잘 알려져 있지 않았는데 요즘은 국내 공신력 있는 학회에서 사용지침을 만들어 공개하고 우울증의 보조적, 독립적 치료법으로 인정하고 있는 분위기라고 하니 고생하고 있는 분들에게 큰 도움이 될 거라고 생각합니다.

- 갑자기 찾아오는 불안감을 물리치는 방법 : 느리게 호흡하기

우울증하면 동전의 양면처럼 연결된 것이 불안감입니다. 저에게는 우울감이 저변에 깔려 있는 바탕 같은 것이라면, 불안감은 예고 없이 찾아오는 소용돌이 같은 것이었습니다. 처음 항우울제를 복용하기 시작하면서 우울감, 무기력은 조금씩 나아지는 반면, 죽을 것 같은 공포감에 자주 시달렸는데 심할 때는 몇 분 동안 꼼짝 못 할 정도의 불안감에 압도당했습니다.

한 가지 중요한 것은 공황장애는 숨이 막혀 죽을 것 같은 병이지 실제로 죽는 병이 아니라는 것입니다. 공황으로 '죽을지도 모른다.'라는 잘못된 인식을 '절대 죽지 않는다.'로 고치는 것만으로도 공포심을 줄이는 효과가 있었습니다.

또 다른 한 가지는 느리게 호흡하기입니다. 너무 간단한 방법이라 처음에는 무시했지만 예기 불안이 시작되는 단계에서 사용하면 효과가 아주 좋았습니다. 공황이 오기 시작하면 호흡이 가빠지는데 이때 호흡을 느리게 하면서 충분히 들이마시고, 서서히 내쉬면서 몸을 이완시키면 마음이 조금씩 안정됩니다.

공황발작이 와서 교감신경이 활성화되려 할 때 부교감 신경을 자극해서 브레이크를 걸어주는 역할을 하는 것입니다. 불안이나 공황이 올 것 같을 때, 손가락을 하나씩 천천히 접으면서 숨을 들이마시고, 다시 천천히 펴면서 내쉬어 보세요. 호흡에 집중하는 행동과 부교감 신경의 활성화가 시너지를 일으켜 안정을 찾을 수 있을 겁니다.

- 운동 : 괴로워도 슬퍼도 걷고 또 걷는다

급성기 우울증인 상태에서 운동은 꿈도 못 꿀 일입니다. 하지만 장기적으로 볼 때 우울증을 가진 사람에게 운동만큼 중요한 것은 없습니다.

첫째, 규칙적인 운동 계획을 기억하고 지키는 습관만으로도 부정적인 생각에 매몰되는 것을 줄일 수 있습니다. 둘째, 수면의 질이 높아집니다. 급성기에는 약의 도움을 받아도 운동하고 햇볕을 쪼여 수면의 양과 질을 높여야 합니다. 운동을 한 날과 못한 날은 입면 시간, 수면의 깊이 모두 현저히 차이가 납니다. 셋째, 운동은 통증에 대한 민감도를 줄여줍니다. 우울감, 불안감이 큰 사람들은 소위 '예민한 사람들'입니다. 같은 강도의 통증도 더 아프게 느끼는 것입니다.

저도 만성 통증으로 여러 검사와 진단(섬유 근육통, 근근막증후군)을 받으면서 진통제, 근육 이완제, 파스를 달고 살던 때가 있었습니다. 지금도 통증에서 완전히 자유로운 것은 아니지만 꾸준히 운동을 하면서 '통증 면역'이 생긴 덕에 약도 줄고, 통증도 현저히 줄었습니다.

한 가지 주의해야 할 점은 본인의 생활패턴 내에서 지킬 수 있는 운동 계획을 세워야 한다는 것입니다. 거창한 운동계획은 부담감을 주고 지키지 못했을 때 실망감이 오히려 독으로 작용합니다. 저는 조금씩 기운을 차리면서 걷기부터 시작했는데, 햇볕을 쬐며 걷는 게 가장 좋지만 날씨 등의 변수를 생각해서 홈트레이닝 기구를 구비하는 것도 도움이 됩니다.

- 주기적인 검진과 치료로 건강염려증을 가라앉힌다

잠을 잘 자고, 규칙적인 운동을 해도 몸은 아픕니다. 우울증 환자에게 통증은 씨앗입니다. 만성적인 통증은 우울감을 가져오고, 우울감이 높아지면 통증이 더 깊어지고, 이로 인해 불안도 높아지는 악순환이 반복됩니다.

애초에 괜찮다고 생각하고 넘기면 좋겠지만 우울증 환자에겐 어려운 일입니다. 이럴 땐 적극적인 검진과 치료로 불안의 씨앗을 없애는 것이 낫습니다. 저는 1년에 한 번 건강검진을 받으면서 건강염려증이 많이 나아졌습니다. 만성적인 어깨 결림과 근육통은 운동 외에도 침이나 물리치료를 받으며 다스리고 있습니다. 치료를 받으러 다니면서 한 가지 위안이 되는 것은 저처럼 통증으로 고생하고 있는 사람들이 너무나 많다는 겁니다. 겉으로 보기에는 멀쩡한데 말이죠.

확실한 것은 치료를 안 하고 걱정만 하면 더 아프게 느껴진다는 겁니다. 완치를 목표로 하면 금방 지칩니다. 어제보다 오늘이 조금 더 낫고, '이 정도면 견딜만하다.'라는 생각을 마음에 새겨야 합니다.

- 전문가와의 상담은 큰 도움이 된다

저는 발병 초기에 지인을 통해 좋은 상담자를 알게 돼 많은 도움을 받았습니다. 제가 상담했던 선생님은 상담 자격증이 있거나 전문교육을 받은 분은 아니었습니다. 문학을 전공하신 분이라 상담은 의뢰가 있을 때 선택적으로 하고 있었습니다. 그럼에도 상담을 결정한 이유는 가르치는 게 아니라 듣고자 하는 자세, 잘못된 점을 예리하게 짚어주는 부분이 저와 잘 맞았기 때문입니다.

몇 년 동안의 상담을 요약하자면 사회적 정상인으로 기능할 수 있도록 생각의 틀을 교정하는 과정이었습니다. 우울증으로 인한 부정적 사고와 인지왜곡에서 빠져나오는 데 상담이 큰 역할을 했습니다.

Q4 : 우울증 환자와 그 가족들에게 해주고 싶은 말이 있다면?

- "우울증의 '끝'을 찾느라 매몰되지 마세요. 우울증하고 조금씩 거리를 둔다고 생각하세요."

몇 년 전 일입니다. 남편이 예전에 찍은 여행 사진 몇 장을 보여주며 저 때 참 즐거웠다고 했습니다. 사진 속에는 웃고 있는 제가 있었는데 어디였는지, 뭘 했는지, 좋았는지, 어땠는지, 전혀 기억이 나질 않았습니다. 그 후로도 몇 번이고 같은 일이 있었습니다.

병을 고치겠다고 애쓰는 몇 년, 우울증을 이겨낸다고 내면의 싸움을 하는 동안 저는 가족과 단절돼 있었던 것입니다. 남편의 노력으로 여행도 다니고 캠핑도 다니고, 한 건 많았습니다. 다만 제 마음이 거기에 없었던 겁니다. 아이들은 훌쩍 커버리고 남편에게도 많은 변화가 있었는데 보지 못했던 것입니다. 그것을 깨닫는 순간, 후회가 몰려왔습니다.

완치에 대한 욕심을 버리고 조금씩 나아지기로 했습니다. '지금'을 충실히 살면서 우울증과 거리를 두는 것입니다. 이렇게 하니까 벗어나고 싶어서 애쓸 때보다 마음이 편해졌습니다. 이제 남편의 흰머리가 느는 것도, 아이들의 키가 조금씩 크는 것도 보이고 여행지의 낯섦, 두근거림도 느껴집니다.

에필로그

조금씩 더
행복해지고 있습니다

이 책을 쓰는 작업은 저에게 무척이나 어려운 일이었습니다. 과거 기억을 떠올리다가 아내가 우울증으로 고통받는 모습과 응급실에서 아내를 내쫓지 말아 달라고 사정하던 순간이 생각나 울컥하기도 했습니다. 모두 지난 일들이라 지금은 다 극복했다고 생각했는데 어제 일처럼 생생하게 떠오르니, 내가 이런데 아내는 더 힘들었겠구나 하는 생각이 들었습니다.

이런저런 옛날 생각을 끄집어내서 책으로 옮기는데 다 썼다고 생각하고 다시 읽어보면 중언부언하고 내용이 산만해서 다시 쓰느라 진도가 나가지 않았습니다. 나중에는 책을 쓰느라 밤을 새우기 일쑤여서 잠을 통 못 자는 바람에 어깨랑 등이 결리고 쑤시는 등 컨디션이 좋지 않았습니다.

그렇게 새벽잠을 반납해 가며 이 책을 거의 다 썼을 무렵, 면역력이 떨어져서인지 코로나19에 걸리고 말았습니다. 평소 건강하다고 큰소리치던 모습이 무색하게 회사도 가지 못하고 집에서 누워만 있는데 아내가 밥도 먹여주고, 약도 지어다 주며 저를 극진히 보살펴 주는 게 아니겠습니까?

아내가 우울증과 싸우고 있는데 제가 도와주지는 못할망정 거꾸로 도움을 받고 있으니 기가 막힐 노릇이었습니다. 코로나19가 옮을까 가까이 오지 말라고, 내가 알아서 하겠다고 해도 옆에 착 달라붙어서 이것저것을 도와주니까 눈물 나게 고마웠습니다.

꼬박 일주일을 앓고 회복하고 나니까 아내가 제 코로나19에 옮았을까 봐 걱정이 더 커졌습니다. 하루에도 몇 번씩 괜찮냐고 물어보는 저에게 아내가 그러더군요.

"너무 걱정 마, 내가 걸리면 이번에는 당신이 돌봐 주면 되지."

저는 이 말을 듣고 기분이 좋아졌습니다. 아내가 코로나19도 겁내지 않을 정도로 불안을 극복했고, 저를 안심시킬 정도로 회복한 것입니다. 이때 저는 '아프지 않으면 행복하다' 부분을 마무리하고 있었는데 아내가 제가 쓰고 있는 원고를 가리키며 이렇게 말했습니다.

"응 괜찮아. 나는 아프지 않으면 행복한 게 아니라 '아파도 행복한 사람'이야."

"!"

아파도 행복하다, 생각해 보니까 정말 그랬습니다. 아내 우울증이 아직 다 나은 건 아니지만 우리 부부는 조금씩 우울증을 이겨내고 있고 그래서 행복했습니다.

재발해서 갑자기 상태가 악화되면 어쩌지 하는 걱정도 하지 않습니다. 그건 그때 가서 고민하면 되니까요. 걱정할 시간이 있으면 틈나는 대로 철봉에나 매달리자고 운동 얘기를 하는 아내입니다.

누군가는 이렇게 말할 수도 있습니다. 아직 살만하니까 그런 거라고, 다시 아프면 그렇게 여유 부릴 정신없을 거라고. 그런데 저는 압니다. 그런 날이 와도 안 와도 이미 저는 큰 선물을 받았다는 것을. 지난 몇 년 동안 지금처럼 아내가 나아질 거라고는 상상조차 하지 못했으니까요.

포기하지 않고 여태껏 우울증과 싸워준 아내에게 감사할 따릅입니다. 저희 부부의 경험이 우울증을 겪고 있는 환자 및 보호자께 도움이 되길 바랍니다.

소중한
사람을 위해
우울증을
공부합니다

초판 1쇄 발행 2024년 1월 10일
6쇄 발행 2024년 11월 25일

지은이 최의종
발행인 정진욱
편집인 윤하루
디자인 서승연

발행처 라디오북
출판등록 2018년 7월 18일 제 2018-000161호
주 소 (07299)서울시 영등포구 경인로 775
전 화 0507-1360-8765
팩 스 050-7078-8765
이메일 hello.radiobook@gmail.com

ISBN 979-11-90836-89-0(03810)
값 20,000원

*라디오북은 라디오데이즈의 출판 전문 브랜드입니다.